自在时节

山野 著

海峡出版发行集团 | 海峡文艺出版社

图书在版编目(CIP)数据

自在时节/山野著.—福州:海峡文艺出版社,2024.6
ISBN 978-7-5550-3726-2

Ⅰ.①自… Ⅱ.①山… Ⅲ.①散文集－中国－当代 Ⅳ.①I267

中国国家版本馆 CIP 数据核字(2024)第 085699 号

自在时节

山　野　著	
出 版 人	林　滨
责任编辑	蓝铃松
助理编辑	吴飔茉
出版发行	海峡文艺出版社
社　　址	福州市东水路 76 号 14 层
发 行 部	0591－87536797
印　　刷	福建东南彩色印刷有限公司
厂　　址	福州市金山浦上工业区冠浦路 144 号
开　　本	889 毫米×1194 毫米　1/32
字　　数	175 千字
印　　张	13.75
版　　次	2024 年 6 月第 1 版
印　　次	2024 年 6 月第 1 次印刷
书　　号	ISBN 978-7-5550-3726-2
定　　价	80.00 元

如发现印装质量问题,请寄承印厂调换

自　　序

择居山里，谈不上避世遁俗，何况本是俗人也难作高雅，只是山居的生活更朴拙，更省心、得闲。

赋闲后喜读闲书，像进入广袤的丛林境地，处处是风景，满山遍野地逛，漫无目的。有闲心便有闲趣，什么书读起来都倍感新鲜、有味道，屡有心得。所悟得闲不是空闲，而是闲适，是独观。

有天读李白诗，突然发现李仙翁在《襄阳歌》里的一句话很平素却直捣三观。"清风朗月不用一钱买"，几个字把心归何处、幸福的来源、人生价值取向都触及了，像仙风道骨的大师轻捋泛白的长须对后生循循善诱。不是吗？心寄清风朗月怎不畅达舒展、快意快活？当阳光照耀心灵，月色浸润魂魄，清风拂过面颊，世界怎不变得美好？乐由心生，世事纷扰难免，只要内心清朗，无论身居何处都可以有喜乐的收获。从生活中发现乐趣，风月无边，幸福自取。幸福的价值与价格无关，设定好属于自己的标尺，谁都不难拥有高品质的生活。

清风朗月就在那里，属权在谁予发现。罗丹说："生活中并不缺少美，而是缺少发现美的眼睛。"大师发现大美，或经过上下几千年的求索，或跨越星辰大海去追寻。我等凡俗之辈，在过往的年华，或许世事匆忙，一心只为稻粱谋，没有闲暇和心境关顾身边的美，亦或许事业上小有进步，积累些许财富便心得意满，只是从忙碌中寻得带些功利的快乐。告别了职场，重构了生活形态，面对辽阔并可以自由驰骋的生活原野，定当有新的追求。俗人有俗人的乐趣，以凡人之眼观察生活，同样能获得美的点点滴滴，积攒起来让生活也变得饶有滋味。

小日子的甜美是有机缘的。凡事喜欢上便有甜美，只是美好感觉的广度、深度与在意和入道的程度相关，生活的品位往往会在不经意间大打折扣，实在可惜。朋友间常常听言走过某处壮阔景致美不胜收、某地美食令人叫绝、某个瞬间如何感人肺腑，言之啧啧而精彩之处却言不出一二，吊起听者的胃口却淡淡地了却，说者也少了份分享中的二次愉悦。于是我在生活中留了些心意，以生活美学为理想，悉心理会生活的滋味，力图往心里多装填一些快乐。

我选择了想要的轻松自在的生活方式，追求与自然亲近的广谱乐趣，猎取可以欣赏、品味的目标，营造生活的趣味，以艺术的心态对待生活，像在自家园子里的点点耕耘，收获属于自己的美好感受，与朋友共享，更享受众朋友们在交流中给我的美感心得。我喜欢把退休的前十年称为人生的又一个年轻世代，也有诗和对远方的图谋，只不过现实中不免眼高手低。生活本就琐琐碎碎，故文字短浅，有感而发，日记般道出内心的点点愉悦，乐在其中。

　　书中按秋、冬、春、夏分章，暗合了本人退休起始的季节，更想淡化四季暗含的人生阶段的概念，以年轻的心态倾注于四时之美、万物之趣，用恒生的热情去拥抱生活。

　　生活美学，是幸福的手杖。

目　录

秋

邂逅立秋 …………………………… 3

野心的呼唤 ………………………… 7

笠　园 ……………………………… 11

空山新雨 …………………………… 16

早餐的音乐滋养 …………………… 19

心债今还 …………………………… 23

篆　刻 ……………………………… 27

生命的守望 ………………………… 30

侠骨柔情 …………………………… 34

剪 …………………………………… 39

八市的味道 ………………………… 43

爱在深秋 …………………………… 47

五色海 …… 51

"卡称"之地 …… 56

千户藏寨 …… 59

三逛东栅 …… 62

乌篷船 …… 66

柔软的南浔 …… 70

李坑的影子 …… 74

宏村的水 …… 79

西递的天 …… 83

篁岭晒秋 …… 87

再过安平桥 …… 92

碉楼奇葩 …… 97

禾木的浪漫 …… 103

冬

喝　茶 …… 111

饮　酒 …… 115

烧　烤 …… 118

冷水澡 …… 122

踏步涂鸦 …… 126

老爷子的藏书 …… 129

| 目　录 |

暖　炉 ……………………………… 132
柔软的内心 ………………………… 137
宅　家 ……………………………… 141
香树三君 …………………………… 144
风铃木 ……………………………… 147
故乡的陷落 ………………………… 152
日落印象 …………………………… 155
故地拾遗 …………………………… 160
鸡山风景 …………………………… 163
闽南古厝 …………………………… 166
渐渐远去的风情 …………………… 171
冬上军营 …………………………… 176
茶路源点 …………………………… 180
玉沙桥 ……………………………… 185
城市吃相 …………………………… 189
黄桷垭 ……………………………… 193
兰卡威之趣 ………………………… 197

春

立　春 ……………………………… 203
山里的月光 ………………………… 207

来自问候的喜悦 ⋯⋯⋯⋯⋯⋯ 211
手作的写意 ⋯⋯⋯⋯⋯⋯⋯ 215
尴尬的邮趣 ⋯⋯⋯⋯⋯⋯⋯ 219
人鸟情怀 ⋯⋯⋯⋯⋯⋯⋯⋯ 223
百年匾缘 ⋯⋯⋯⋯⋯⋯⋯⋯ 228
淘得老碑 ⋯⋯⋯⋯⋯⋯⋯⋯ 231
花树心性 ⋯⋯⋯⋯⋯⋯⋯⋯ 235
园里的蘑菇 ⋯⋯⋯⋯⋯⋯⋯ 239
奥妙的生命 ⋯⋯⋯⋯⋯⋯⋯ 244
爬行动物的丽者 ⋯⋯⋯⋯⋯ 248
自在生长 ⋯⋯⋯⋯⋯⋯⋯⋯ 252
落　叶 ⋯⋯⋯⋯⋯⋯⋯⋯⋯ 255
鹭江幻象 ⋯⋯⋯⋯⋯⋯⋯⋯ 259
大气的深山村落 ⋯⋯⋯⋯⋯ 262
厚载的边镇 ⋯⋯⋯⋯⋯⋯⋯ 267
静静的银杏村 ⋯⋯⋯⋯⋯⋯ 272
司莫拉佤寨 ⋯⋯⋯⋯⋯⋯⋯ 276
国　殇 ⋯⋯⋯⋯⋯⋯⋯⋯⋯ 281
漂浮的草原 ⋯⋯⋯⋯⋯⋯⋯ 285
门头大王旗 ⋯⋯⋯⋯⋯⋯⋯ 289
夜宿山乡 ⋯⋯⋯⋯⋯⋯⋯⋯ 294

夏

听　蝉	301
天狗食日	304
燃情的旋律	307
童　趣	311
打字机传奇	315
久衣成友	320
不敢老去	324
家竹的故事	328
闽南石狮的"表情包"	332
旱　溪	336
笠园茶韵	340
苔藓和地衣	345
新见黄鼠狼	348
生命美感的厚度	351
山水诗源楠溪江	355
雁荡奇洞	359
船行长江	364
诗城白帝	368

鬼城印象 ……………………… 372

秘境神农架 …………………… 376

天坑与官驿 …………………… 382

紫阳风流 ……………………… 387

乌镇的桥 ……………………… 391

别墅的炎凉 …………………… 396

屏山行 ………………………… 401

梭布垭石林 …………………… 405

地心谷的旋律 ………………… 410

水润的埭美 …………………… 414

土楼行馆 ……………………… 418

后记 永远的欢颜 ……………………… 423

秋

晴空一鹤排云上,便引诗情到碧霄。

——刘禹锡《秋词》

邂逅立秋

今日退休。过了该退的时点后在焦虑中企盼了将近一年,终于卸下肩上扛了二十几年的担子。移居早已备好的栖身之地天柱山麓,开始自在人生。身归山野,心随自然,"傥荡其心,倡佯其形"(柳宗元语)。这时候正秋高气爽,天蓝得透彻,茶花还开着,紫薇满树争艳,栾树含苞待放,使君子第二波花再展笑颜,空气中弥漫着米兰淡淡的清香。踏进新家的园子,一股让草木热情拥抱的温馨猛烈地袭来。

退休邂逅立秋,像天道在暗示自己些什么。今年的立秋全无凉意,但季节的变换总是在提醒人们该为接下来的日子做些打算。人生短暂,不该刻意划分春夏秋冬，也不必持守朝日夕阳的人生态度，只需永远微笑地面对周而复始的生活节律。按乐观的寿命计算，人一辈子大致能有读书学艺、谋生做事、闲适养生各30年时光。回看自己跋涉的历程，前两段旅途已平安走过，但走得并不轻松，更谈不上丰润，就指望这第三个旅途能尽情释放些自由的天性，算是对自己生命的回馈，让小日子过得精彩一些。往后的春夏秋冬，能否应时应景把握好一路的风光，当是生涯中的又一次大考。

43年的职场耕耘，到了收工的季节。盘点得到些什么：

一幅历经风霜磨砺尚且硬朗的筋骨；

一腔穿过沙场硝烟的云淡风轻；

一块装得下未来时光的田园空间；

一片追逐内心生活理想的希冀和渴望。

该有的都有了。就带着蒙恩于金秋的财富，整备一个冬季，然后重归对世界和生活的好奇，去沐浴新春季的阳光雨露，去实现年轻时便萦绕于心的生活梦想。

/秋/

/ 自在时节 /

入夜，四周静了下来，静得像离城市的繁灯烟火有隔世之遥。长天星斗闪烁，林间依稀流萤。星月的浩大恒久与飞萤的渺小易逝相辉映，恰是一幕可尽情放飞意绪的唯美时空。眼前这一切爽朗的美都源于天空的纯澈和生态的洁净，内心清净的人也当有瑰丽的生活画卷。

想到华兹华斯的诗句："来吧，来瞻仰万象的光辉，让自然做你的师长。"前头犹如有了召唤。

野心的呼唤

"野心"有两重含义,世俗的野心概指拴不住的欲望,这在年轻时旺盛,需要克制,放纵了总归不好。心性里的野心则是对自然和自由的念想,这一直蛰伏在我心灵深处,随年纪浮显,像在等候时机。早先买下山里的房子,初是陪朋友来看看热闹的,不料一见钟情,变身主角当即借钱下了定金,这一举动是心缘结出的果实。

漫长的职业生涯重负前行,走得过于专一,无暇顾及周遭的风景,理性把生活雕琢得刻板无趣。好在生命对自己公平,转眼步入闲适养生的旅途,随心所欲,可极目远眺又可环顾流连,怎能辜负这放逐野心的美好时光。

告别做作的职场世故和难受的楚楚衣冠，先找几件宽松粗犷的衣服穿上，到最具市井气息的老市场逛逛，到荒芜的旷野发呆，到偏僻的山村撒野，吐一口长期积郁的闷气，再规划可以满足野心的路径，沿着自己喜好的生活方式行走，对此生的理想做个交代。

谋划经营退休时光的活法中，少不了发挥所谓的"余热"，把一些积极善意的活动作为调节生活的内容。在野心的驱使下，我还是断然选择了远离喧嚣去亲近自然，克制功利的欲望去追求生活的惬意和内心的富足。于是我草草地找到林语堂的《生活的艺术》、周作人的《日常生活的颂歌》、汪曾祺的《人间草木》、林清玄的《人生最美是清欢》还有杰克·伦敦的《热爱生命》等，狼吞虎咽般地恶补，像进入新生活的学生，慌忙地充填认知上的空缺。爱和欣赏是美好生活的源泉，在心仪的领域里信马由缰，就能活出诗意。

野心会悄然促动生命与自然的对话生成内心的语言，否则面对自然的美就难免故作风雅，观高山流水只能发"哇塞"之叹。"掬水月在手，弄花香满衣"，便是生活家内心对话的果实。野心会让内心淡泊，会生成清澈的友情，能洒脱情怀地小酌至微醺，可清心雅韵地品茶，着意于海阔天空。野心会让自己拥有更多幸福的机缘，心存善念，世界自然变得美好。徐志摩说："自然的变化，只要你有眼，随时随地都是绝妙的诗。"这大概是诗意人生最直白的表述。

人生的幸福实际上是幸福感的累积或延续。一生中能给人持续幸福感受的大好事实属凤毛麟角。而善于从生活中捡拾一点一滴的幸福，人生也就幸福了，这当是自己该有的命。热爱生活就是热爱生命，懂得欣赏生活就是懂得珍惜生命。

把那些曾经幻想或喜好过却已经远去的生活触点找回来，按想要的生活模样致力于知行合一，从混沌的愉悦到清晰的满足，亦步亦趋，也就能活出不需要借助别人的喝彩来陶醉的精彩。

"人充满劳绩，却还诗意地栖息在大地上"

（荷尔德林语），满满的正能量。时光易逝，往日的劳绩并没有留住诗意，但愿这位古典浪漫派诗人的"却"字能加持我的现在和未来，不辜负自己。

笠　　园

当年对山里新宅一见钟情,青睐于其理想的区位和有大小合适、与花园庭院能区隔又有照应的田地。园子东向延展的三分地正合所愿。这田地刚开发的时候,我在朋友圈写下这样的文字:

> 田园的理想在于收获劳作的乐趣。由是得附庸点风雅,给园子起个雅号。望着刚扎起的竹篱,联想到"小小人家,矮矮篱"的悠然意趣,取名叫"篱园"像是不错的选择。园在屋子东边,南望天柱山顶峰,此地风水也对得上那意涵。直到挥锄间在艳阳下逼出一身大汗,才若有所悟,"篱园"攀附了绝世的"东篱"与"南山",显然是

凡庸之辈的故作高雅。回头见枝头挂着的夏笠，改口自言，还是叫"笠园"更好。

笠，竹篾与竹叶编制的劳作中遮阳挡雨的用具。与田野相亲，与汗水同在，能在炎热的天下追求自我的一点阴凉，正是我对退休生活的企盼。再说，"笠园"主人当称"笠翁"，与《闲情偶记》作者李渔名号相同。想想能从情感上仰仗生活美学大师李笠翁，也算是对这位高人生活哲学的一种敬重。笠翁道："心以为乐，则是境皆乐。"笠园便是心乐的园地。由此，立起笠园的标志，悉心耕耘。

笠园大概是在两年以后进入状态的。我在耳鬓厮磨间明白了它的风水习性、适园作物的品行、园我之间的互动方式与回报的节律和尺度。

开发笠园并非为谋取以田地为生计的农民式的劳作生活，而在求得亲近自然的生活方式。在这里汗水和收获、作物的生长周期和生态的循环都表现得那么直接，人与自然的互动过程承载的精神意涵又是那么平素而深远。园里任你采摘的菜、源源拾取的鸡蛋，一切尽是大地

|秋|

之爱，是大地对生命的滋养，似乎比货币换取的东西要有更丰富的营养含量。浇园的水取之于池里积蓄的雨水，田里的养分来自厨余鸡粪的高度发酵。园子远离化肥农药，鸟吃虫也吃菜，人鸟共享。那些易招虫子以致我们难有收获的菜种就免除再入园的资格。万物相依，彼此关照，亦是宇宙生命的意义。有时候我都会觉得地里长出东西来的并不是种子，而是融合了汗水和希望的大地精气。

笠园之乐在于耕耘之乐，还在于以运动方式得四时之趣。我无须买健身房的年卡，也无须请教练指导，我的耐力、力量和柔韧度在这里得到了保持和发挥。汗水延伸出多重的价值，运动的目的不再是战胜对手或战胜自己，而是与生态链伙伴生命价值的共增，收获的便是生命价值的感知。一气呵成的田头到餐桌，常年有保障的超嫩时蔬是货币换不来的。我知道冬瓜、南瓜生长的肆意，角瓜的可爱和四季豆的多产，地瓜叶、枸杞叶一年四季的痴情奉献和一畦空心菜能带给一个夏秋的盘中青绿。二十四节气都在此变得实在，变得有获得感。

笠园更像是内心的田园。一块新开垦的山间僻壤,远离广袤的沃野,却可以自在地耕耘,并成为一处放逐心灵的空间。

空山新雨

一场飘飘荡荡的秋雨,给山里送来迷蒙色调中带着轻柔乐感的空灵。

午后,我和往常一样沉湎在一杯甘醇的绿茶中阅读良久,抬头远望烟雨蒙蒙的山麓,以往无所感知的由雨点音符组合的旋律渐渐地萦绕耳际。雨打香樟的疏密蹦跶、雨落芭蕉的清脆低沉、雨撒翠竹的欢乐潇洒、雨击天棚的钟鼓和鸣,天籁在广袤的雨空回荡。脚下水池汇聚来自天际的雨水,叮咚作响,好似回应空谷之韵,又多了份闽南老宅"四水归堂"的气韵。山雨稍歇,身心洗彻,万物一新。

眼前的一切,恰似我当今虚空的心境。退休前后的几天,我把几十年积累的上千册书籍清理一空,那些是经济的、管理的、社会的、哲学的。在职业阶段,它们传导了智慧、力量和技能,成为亲密的朋友,可在我的职业生涯画上句号的时候,它们已功德圆满,理应各奔前程、另谋其主。我希望由此洗去身上带着的职业汗臭,腾出更大的空间装填人生新阶段需要的精神食粮。重建书库,以更大的库容,引入足以浇灌荒漠的甘泉。阅读,便成了每天最滋养的功课。

喜欢午后阅读,更喜欢在久晴后落雨时,斜靠在面朝山峦的水晶茶舍阅读,不论四季。

阅读,倾听大师们纵横时空娓娓道来,如天降甘霖。广袤至千年世界文明的演进、民族征战和古都的传承,细小至吃螃蟹剥壳吮肉之趣,庄重如故国历史的沉负,轻松似星夜听蛙鸣鸟啼。深邃、灼见、诙谐、机智,尽情尽理,入心入肺,然后拍案叫绝,或哑然失笑,或心胸撞击,或秋波荡漾,令人沉醉,亦如"四水归堂"。

其实,阅读比直面聆听要好。这时的大师更具气度,任我翻找搜刮攫取精华,任我玩味思想辨识真谛。哪怕走神错过,或意犹未尽还可以回头重来，一再品思。更妙的是，在徜徉踱步中，可以添加进很多私货，包括不同的心境和情感、图解和幻想，然后获得自我满足，无须担心大师犀利目光的直视，也不担心大师对浅薄可笑的思想的斥责。这时候再呷一大口温润的好茶，味甘喉韵与心智所得融会贯通，飘然所至如腾云驾雾之境，内心犹如雨后池水充盈。

空蒙的山景让人虚怀，以至更易于跟随大师入情入境。新雨的淅淅沥沥更让深邃的笔触点点入心，滋润荒田，直达参悟的境界。

早餐的音乐滋养

早餐照例是家里自烤的面包、五谷豆浆、坚果和音乐。网络便捷,关注的网站天天推送不同风格的音乐,点击几首喜欢的歌曲,连接上蓝牙音箱,平素的早餐就有了音乐笼罩下的诗的味道,有了源源而来的音乐滋养。

一个轻松的早餐,本不宜读诗,不宜欣赏严肃音乐,那些坚果般需要反复咀嚼的文字和表现生命崇高、悲壮的乐句乐段与餐食不搭。轻松的音乐就不一样了。那些入口即化、柔软内心的轻音乐,那些一触碰就鲜美四溢或回肠荡气的经典歌曲,那些曾触动过心灵的或欢快或伤感的流行歌曲会让人的肠胃神经舒坦,味觉变得富饶。早餐有了美好的旋律相佐,为新的一天注入满满的能量。

早知道爱尔兰诗人叶芝,却记不住他的诗句。有天播放了莫文蔚演唱的用叶芝的诗《当你老了》谱曲的歌,那清透低回的音色描绘着老暮、炉火、打盹、昏黄的意象。青春易老,灵魂虔诚,在日常的生活场景中表达出永恒的爱意,朗朗上口。我没有刻意去背诵,只因旋律融化了诗,不经意间就消化吸收了。加上后来又听过赵照的原唱和李健婉转清亮的演绎,记忆里便刻入了深深的烙印。

认识有"音乐诗人"桂冠的李健是听了国际合唱节总冠军演唱的由他作词作曲的《贝加尔湖畔》。纯色女声,轻轻的和声飘来,像来自远空,缓缓的钢琴声渐入,渲染出一片空灵,然后悠扬的手风琴唤起俄罗斯情调,清丽的和声推出,把春风沉醉、绿草如茵的广阔景象带入怀中眼里。像对曲中浪漫辽美的景色着迷一样,我找出了李健的原唱,贝加尔湖畔的飘逸和动情更是被表现得淋漓尽致。这才明白原来许多耳熟能详的好歌都出自这位才子之手,像错过良缘似的相见恨晚。

生活中有很多美好的记忆只潜藏于脑海深处，隐隐约约，有所触动的时候才被唤醒，像已然淡忘的老友突然相逢，那种喜悦要比老惦记着来得猛烈，音乐亦然。《二泉映月》有不同的填词，早年听过演唱，曾被歌中如诗如画的意境感动，原来这首凄婉的民乐可以不仅是低沉和哀怨，"听琴声悠悠，是何人在黄昏后。背着琵琶沿街走。阵阵秋风吹动着他的青衫袖，淡淡的月光石板路上人影瘦"。"唯有琴弦解离愁"，"天地悠悠唯情最长久"。隐约记得歌中诗样地刻画了阿炳的身世和他对世间的爱、对音乐的爱。很久了，这歌也淡远了。那天点开国家交响乐团的合唱，居然浑身毛孔伸张，强烈的渗透和冲击让我神往——是新版填词，更富诗意！"泉中晓月白，月中水汪汪"，泉月与心胸情怀交融，歌词与旋律呼应得那般贴切，像这首不朽之作灵魂的写照。男女和声呼应递进，是问答更是慰藉。这歌只有合唱才能表现出旋律应有的意境，那歌声如天籁般，能使人从心底里涌动起深深的情感共鸣。

音乐总能给早餐些意外的惊喜,它使我在漫不经心间获得了平日里需要很当回事才能得到的心灵享受,比如旋律和诗,比如音乐家和他的音乐,比如游离于抽象和具象间的美,常让我陶醉,让我如获至宝。

岁月如歌,歌咏岁月,也装点岁月。有歌的岁月,荏苒的光阴便不再悄然流逝,而会留下繁花满地。早餐有了音乐便有了一抹难以散去的芬芳。

心债今还

钢琴,在我心里一直有两笔债。一笔是故乡的债,还有一笔是传承的债。

一个鼓浪屿的原住民,总会沾点"钢琴之岛"的光,人来人往间常谈及钢琴的话题,每当有人问及能否来一手的时候,内心里就有负债感。本来不懂是正常事,但积累久了就成疙瘩。大概是潜意识里在意。

我并非出生在音乐世家,可是父亲留下的一本琴谱却如同基因里的一个代码。这是一本1944年出版的世界经典钢琴曲谱,扉页上父亲用毛笔写下丹色的题词:"揭开这屏扉当有青春的轻烟盈盈袅舞;在优美的音符上将听见隐现的甜蜜的回忆;在和谐的琴键上是那永远滞染的深长的情绪（卅六·七·七）"。从文字的涂画修改上看得出是买下琴谱后激动的匆匆落笔，从词语里看得到一个25岁的青年对钢琴的热爱。琴谱中他练过的曲子还留着许多标记，是下过功夫的。"文革"时家里多数的老书都烧了，这琴谱还留了下来，可见他的珍爱。因为社会的变革和波澜我一直没见过他弹琴，但时常会听他讲述相关的故事。

就这样，学琴成了我铁心要还的债。老来学琴本就愚钝，铁棒磨针，过程的满足感却让柯尔蒙常在。人怕闲更怕没有目标，学琴就都有了。

这般年纪，放过了本应扎实修炼的基本功，赶路要紧。从在五线谱上标注每个音符的指法并翻译成简谱，进步到只标指法，再到直接识谱弹奏；从单音到分解和弦到八度和弦，再到连续琶音弹奏，琴键像山崖上无尽的阶梯，往上攀爬几级就看到更好的风景。

每次练过都小有收获，哪怕只是拿下一个乐句，就觉得一天没有白过。五六页的曲子背

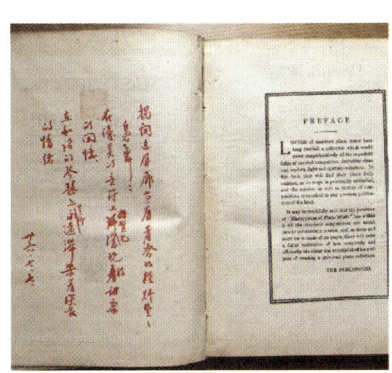

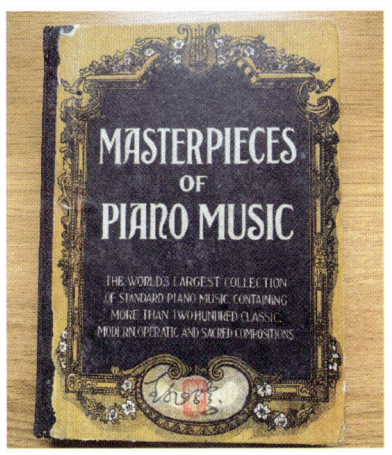

|秋|

谱弹奏下来，即便磕磕碰碰，也会有如参加什么大赛获奖的甜蜜。在黑白相间的山道一步步攀爬的感觉，像馋嘴的小孩每天完成了功课就能给自己一个糖吃，过段时间就能有大餐，往前看是诱惑，往后看是满足。

因为需要理解曲谱，所以学会更好地欣赏音乐。因为自立规矩不考等级、不参加演出，唯有自得其乐，自我陶醉，所以饶有为自己活着的滋味，何其快哉。今天刚弹下《这世界那么多人》这首流行的曲子，内心里的快乐，像人群里的那扇门就是为自己开的。

我把父亲的那本曲谱看成我学琴所下功夫的投资平衡表，他弹过的曲子是我的负债，哪天能在我的琴谱上出现资产余额，我能弹出比他弹过的难度要高的曲子，便可告慰他的在天之灵。

篆　　刻

因为朋友的雅兴，唤回我沉寂了40年的篆刻兴致，急急忙忙想找回从前的工具，那是中学时代动手制作的杂木印托和当学徒工时期利用当钳工职便使用钢锯板焊接打磨的铜柄刻刀。翻遍工作室，在林林总总的工具里就找不着这两样东西。我怀疑它们会躲在鼓浪屿老屋的某个角落等待我深情的发现，但我已无心专程探访，网上重置了一套更专业的家伙。

篆刻曾经作为情感交流的桥梁让我获赞良多。大约从高中起青春迸发的十年间，同学亲友间的情感密度决定了我是否动手刻制印章相送。当时，私印是个人信用凭据且使用频率很高，赠予一枚不错的印胚和友情篆刻的印章算有面子的。由此只要翻翻自己篆刻的钤章存录便明白有哪些当年跟我走得近的亲友。

认识女朋友的那年，我拿出箱底里最高端的印胚一展手艺。那是一个象牙制作的只有麻将牌大小的印章套装，象牙盒内有两枚印胚和印泥格。大印胚有一厘米见方，小的大概只有筷子般粗细，只能刻亲昵的单字。这倾注着深情的作品，终成了定情信物。

后期因职业忙碌我就再没有动过手，但只要闲聊间提及篆刻话题，总还是津津乐道。几十年来，因为知道我懂些篆刻，有意无意里友人便也相赠刻上我名字的印章。因为用不上，一直没在意它们的存在。那年搬家把印章收拾在一起，突然觉得好玩，大小二十几个，最大的是钧瓷烧制，有20厘米见方，比史上的传国玉玺要大很多！印章的材质有铜、锡、陶、泥、水晶和很多说不明白的石材，居然都因篆刻与自己结缘。有趣的是，社会信用表达方式演进至今日之时它们已既无实用价值，也不太具观赏价值，似乎成了鸡肋。还不如闲章，偶尔能用用。

可怜的私章除了字画等艺术作品这些小众舞台外,让时代给边缘化了。签字之外的各种电子印鉴、信用手段正在通行。印章的信用价值正在成为历史,就像一朵凋谢的花。

好在私印还有个闲章兄弟,蕴含个人品位和修养的字词妙句通过篆刻这一独特的艺术方式表达出来,让很多文人墨客和读书人喜欢。我也常常为精彩的闲章感动。如吴昌硕的朱文印"鲜鲜霜中菊",齐白石白文印"存我",简琴石的甲骨文印"取舍不同"等,不仅印文耐人寻味,且通过书法刀功表现出的或傲骨,或刚健,或天真巧拙的独有的意趣,令人玩味不止。

近半个世纪,篆刻艺术似乎与大众生活渐行渐远,但正在式微的只是具有实用功能的那一部分。饱含古典美的闲章一直保持着它独特的魅力,让一代代国人喜欢。而今,我能用老花的眼睛和已缺沉稳力道的双手再次自篆自刻,操刀耕石,实为幸事。

生命的守望

孩童时代家里就有几桩盆景。常听父亲说，盆景是有生命的艺术，要与养护者日积月累地对话互动才能造就神形兼备的气韵。父亲常指着他的作品告诉我，这叫"飞龙探海"，那是"悬崖倒挂"，还有"宝塔凌空"等。当时我并不明白什么"气韵"，也没搞懂以造型姿态而称呼的雅号，只觉得好看好玩，时常帮忙浇浇水，看着修枝剪叶。心想这些都是老人家的东西，哪天我也该有自己的作品。

初中二年秋，离家不远的笔架山下开挖防空洞，当时工程要求每个家庭都要有定量的劳力参与。我随家人来到工地推拉板车清理石渣。防空洞是在花岗岩中开凿的，其间夹生了一层薄薄的大理石脉，搬运石渣时我从中淘得块巴掌大的大理石，兴致勃勃地带回家开始了属于自己的盆景的创作。先是把石头凿成石盆，再从隔壁围墙的砖缝里抠了棵筷子般粗细的小榕树种上，完成了稚嫩的盆景初作。从此，它便成了我守望相助的挚友。

小榕树在石盆里成活是我对它企盼的第一次实现，紧接着便是对它长势和形象的持续憧憬。年复一年，小榕树舒枝展叶，百变其形。时而随我所愿生长，时而肆意伸展拳脚，一幅我行我素的态度。几年之后气根长了出来，开始有了成熟汉子的模样。我始终记着老爷子的话，与之相处犹如陪伴个性鲜明的孩子，既尊重个性、频繁互动，又因势利导、耐心守候，直至功德圆满。果然，榕树体态表现出了该有的圆融丰润的气韵，也配合了毛石盆自然朴实的气质，不同时段亮出或凌空飘逸，或繁荣昌茂的形象，如活力四射的英姿少年，常得到友人的夸奖。五十个秋去春来，其间在小石盆容不下榕树的躯干根须时，我找了个红泥六角方盆，将榕树与石盆一起种植在新盆里，设计了"树抱石"的造型。石盆抚育了树，树长大后紧抱着石。如今，石盆已包裹于苍遒的根须中，一起坐落在红泥方盆上难分彼此，老干新飘，气韵横溢。

半个世纪的厮守，彼此都没有辜负。榕树叶绿如玉，枝干朴拙壮实。每当我心烦气躁，特别是以往还在职场打拼的年代，我常会对着它发一会儿呆，甚至跟它说几句话，像面对老友在倾诉，内心就得以平静。

我常想，石、树、人三个不同维度的客体因生命而结缘是何等的宝贵。那石曾被深深地埋在山里，挤压在比它坚硬和庞大的花岗岩山体中，因为一个隧洞穿过，使它摆脱了无尽的压抑来到人间，它没有如其他的石渣一样被倾倒海里，重归黑暗和寂寞，而是被一位懵懂的少年轻轻地拾起，慢慢地雕琢成能装填一个新生命的容器，并与这位少年一起培护这个绿色生命的成长，伴随少年慢慢变老。那榕虽然在墙头顽强生长起来，倘若不归于石盆，它的生命随时都会因围墙的维修而泯灭。天缘所至,大家都活得很好。那石已接受并且还要接受多少万年的宇宙信息,这树该会与它的同类一样领略百年千岁的阳光雨露,一个生命时长极其有限的人类,能与它们结伴真是幸事。在相互关照中,我时常觉得它们源源不断地给了我美好的生命能量。

侠骨柔情

倔强的牧哥从寄养的宠物酒店回来,就一瘸一拐了。那晚呜呜地哭着,戴着头罩硬是把很沉的凳子挪开来接近我们,像受伤的孩子渴望得到父母的抚慰。

凌晨三点,牧哥的哭声和碰撞声让我醒来,我下楼看它眼里泪水涟涟,神情哀伤地望着我,右前脚提着,似乎在告诉我它实在伤得厉害。看着满地血迹,我心深深地一揪,眼前还原了它平日闪亮的、猎豹般犀利的眼神,知道它是到了最需要帮助的时候了。稍许安抚后,我在它边上的床上躺下,它静静地匍匐着直到天亮。

接下来的一系列治疗,牧哥一展它猎犬血统的刚毅、冷静和服从。从伤口取样化验,抽

|秋|

血体检、局麻、全麻、手术、输液、打针、换药，没有过哀号，至疼时就抽搐着嗷叫一声来排解痛苦，哪怕是满眼泪水，也都保持着谦谦君子的风范，蜚声诊所内外。

病中的牧哥特别希望陪伴，尤其是近三小时的点滴，这时候它会长时间的深情地凝望着，带着让你暖心的眼神，让你不舍离开；会没完没了地舔你，充满感恩和爱意，明眸里映着一帧帧让人难于忘怀的场景。

那回是随我们在林木茂密的山里徒步，它一直在山道前探路。拐弯处突然传来杂乱的群吠。我赶紧跑前，只见牧哥正与三只山民的家犬缠斗，大概它占了上风，扑倒对方个头最大的家伙并已锁喉。在人家的地头上我怕惹出是非，又喝不住它们正酣的战事，情急之下顾不了前边的一堆毛石往前猛扑，使劲拉开了牧哥，那避过一劫的家伙慌忙逃窜，领着两小兄弟在远处朝我们狂吠。我拐着受伤的脚带着牧哥赶紧返回，那几个家伙一直跟随吼叫，但只要靠近，牧哥一回头，它们便又逃之夭夭。一路上，牧哥始终举头四望步履轻盈，显尽胜利者的姿态。

秋田犬以忠诚著名，虽没有惊心动魄的机会让牧哥表现它的血统特性，但日常里时时有些感动人心的行为发生。一次夜里嘛嘛（牧哥对女主人的称呼）在园里散步时闪了脚跌倒在草地上，走在前面的我刚回过身来，牧哥已从远处飞奔而来贴近她身旁，想助她一把，那暖乎劲如春风化雨般消解了嘛嘛的惊吓和疼痛，感动不已。类似的情况还发生过几次，让我们坚信一旦出现危难，牧哥绝对靠谱。

牧哥爱吃醋，我要在它面前跟谁亲密，它必定先左瞧瞧右看看，然后直扑过来，暴力性地"第三者插足"，占个C位，进而左右两边舔个不停，一副谁都不得罪的样子。让牧哥争宠已成了家里逗它玩的游戏。

秋田本为猎犬，捕猎的天性常成为带它去野外的尴尬。不论飞禽走兽，附近一有动静它便两耳直立、两眼放光，摆开搜寻和攻击的架势，定位后即直扑目标，沟壑洞穴、荆棘丛林一往无前，唤都唤不回。当然常常是满脸沮丧、空手而归。家里也有它的猎物。小鸟和松鼠它都尝试过，折腾几次望尘莫及便善罢甘休。园里的老鼠不多却成了它死盯的对象，发现情况异常立即进入潜伏状态。老鼠总躲在枯木堆里，它常为此搞得灰头垢脸。有一回逮着了只老鼠正玩着，我本想看个热闹，不料碍了它的手脚，让老鼠跑了，气得它狂蹦乱跳，好一会儿不理我。那看着我的眼神，好像就嘟囔着："你真是狗拿耗子，多管闲事！"

牧哥点滴的药液缓缓地流淌，一连串侠骨柔情的场景依次在眼前飘荡，持续了十几天的疗程。

终于躲过了一劫。只是初愈，牧哥又像往常一样，耳朵雷达般四处扫描，两眼放出警觉的光芒，对一切威胁发出穿透力极强又略带磁性的吼叫，一副威武八面的九门提督神态再现。同样的，还是一张善解人意的憨态萌呆的脸。都说犬是人类最好的伙伴，刚柔兼备的牧哥正是地道的哥们儿。

剪

刚到手的粗枝剪往工具柜一搁,成列的剪刀突然开口说话,让我不得不正视它们的身世和影响。

生活中常用的工具,剪刀是算得上大户。厨房里不同用途的有七八把,梳妆台前各种功能的也有五六把。工作室里园艺用的有高枝剪、粗枝剪、草坪剪、绿篱剪、枝条剪,林林总总;五金修配的有线材、板材、线缆、皮塑剪等。各行各业都离不开剪刀,剪刀也在人们不经意中形成庞大的家族,从原始的无轴剪演进到电、光、水、气等让人新鲜的裁剪方式。这很有趣。琳琅满目的剪刀堪称是生命韧性最强的工具,几乎谈不上有何代际间的完全替代品。正如现代服装生产线上前段工序用先进的水刀、光刀裁剪布料,而到了成品工序也还用上与2000多年前相差无几的无轴剪去除线头线尾。剪,从工具形态到使用方式都深深地影响着人类的生活,也昭示了许多生活的道理。

事物的存在都有它固有的样貌,但人们总会有物为我用的念想和需求,人类的意志总想映照于感兴趣的对象,包括自己的尊荣。剪是简单和容易掌握的工具,顺而成为实现意愿的常用手段。剪刀的专业性和多样性,体现着人类的个性追求和精致化的美欲,剪推动了物化生活的水平和品质。

剪在中国已存在了2000多年,其对生活的影响早已从物质层面上升至精神层面。民间延伸出很多寓意,成一方风俗,有些甚至带有风水含义,颇值得玩味。而剪在文学上的美学意义更让人叫绝。

"不知细叶谁裁出,二月春风似剪刀。"是我们自幼熟读的句子,那时就开窍了大自然这把剪刀可以裁剪出奇妙的景象。后来渐渐明白在诗人眼里几乎什么都可以拿来剪，剪绿、剪翠，剪江、剪水，剪云、剪风，剪情、剪愁，剪烛、剪锦，意象万千，无所不能。你看那"谁把金丝裁剪却，挂斜阳。"纵横天地间的广阔意境，"看遍花无胜此花，剪云披雪蘸丹砂。"采携天地大美来描绘一朵牡丹，诗人手里的剪刀像悟空的金箍棒任意使唤，剪出一帧帧让人惊叹的情景画面。"剪剪霜风落平野"，"暮寒如剪"，词性一转，以剪表达微寒，用与刀割般的凛冽不同的感受贴切地表达出寒冷。剪的妙处在于它不像刀那样寒光逼人、动作肆意、果决了断，剪更有内心的掌控力，更有修饰感，更有过程表现力，也就更能寓情。

"剪"是人生的一种能力。绚丽喧嚣的世间充满诱惑，让人向往。人生的取舍就是裁剪的过程。米开朗琪罗说："雕像本来在石头里，我只是把不要的部分去掉。"听起来轻松，难点在去掉过程的智慧、勇气和能力。谁的一生都在雕琢自己，最终的差别还在于去掉什么而留住了什么，如同谁都剪得出窗花，能成艺术品的毕竟不多。

年岁总会给人生编织出越来越繁复的大网，利益、声誉、欲望，情感的、物质的，人不知不觉间被这张网裹挟，被网所累。曾经深切寄托的亲情、友情，曾经一起历经风雨的伙伴身影，曾经帮过或被帮过的朋友，曾经的亏欠或蒙恩，点滴的怀想常挥之不去。还有家里的储物空间日见局促，越来越多的东西找不到存放的地方，件件物品都有故事、有情感牵连，人常会在大包小包的旧物前流连。常言道，人生两手空空的来，又空空的走，来去间就是个积累和舍弃的往复。或许前半生用得更多的是铲子，往自己的篓子里填装，后半生则更需要剪刀，淡然地断舍离。

剪是理性的表现又是与情感的抗衡，是现实的追求又是内心的煎熬。拒绝某些诱惑，舍弃某些念想，离断某些追随，丢掉某些旧物，都是一种剪的修炼。给自己留下更多的空间安放纯朴的心。剪，剪出清欢来。

八市的味道

追寻最地道的厦门风味非八市莫属，这里有市井烟火沉积的厚度，不仅能找到最具厦门特色的海鲜蔬果，还能遇见老厦门的各种美食佳肴。一个多世纪以来，八市一直是提篮买菜的市民们最想去的地方。我常常自觉遗憾，一个厦门的原住民直到耳顺之年才逛进这最具烟火气的圣地。

第一次进八市只是好奇，有如步入花样琳琅的主题公园，突然发现自以为熟悉的海鲜还能有那么多未见更未尝过的品样，似乎有愧为大海的儿女。突然见到我的奶奶辈早餐桌上常有的腌制的海泥螺，尘封已久的记忆唤回已远去的亲情。突然发现这嘈杂的市场里还有几处老资格的教堂庙宇,寄托心灵的神圣之所和喧闹的市井烟火可以在这里相处得如此融洽。我是带着采购任务来的,但经不住眼前一幕幕场景的诱惑,如逛公园一般走遍了八市纵横的几条长街。原来八市不仅是市场,还是生活和精神需求能一气呵成得到满足的街区。八市已没有序数的意义,因为厦门的老市场已基本消亡,唯八市蒸蒸日上。

以后我成了八市的常客,逐渐地熟悉起来,像邻家的朋友,日见这位看上去似乎有些不修边幅的经事老妇由内在气质焕发出的魅力。

八市的魅力在于它贴心的俗味。摩肩接踵、嘈杂喧闹、肆意吆喝、刻薄砍价和粗俗的喧哗,以及可能踩着或溅起的污水与四处飘动的腥臊气味给人以多维的兴奋。在八市,可以在细分的品类里找到中意的鱼姜肉蒜,鱼虾甭说,单是蛤贝类海鲜也多达十数种,这些花里胡哨的货品给了见识还撑开了味蕾。冷不防瞧见些儿时常吃的秘制油柑、橄榄、满煎糕、米龟等唤起童年的口水,侥幸还会有些青梅竹马的梦幻。

那庖丁般的挥刀割肉、抡锤捣浆、挤团下锅遂成撩人味蕾的鱼丸肉丸，其人制作时的姿态表情、动作程序恰是行为艺术中极具美感的片段。还能面遇可爱的乡亲在这最亲近生活的角落里，对价格表达的丝丝计较，活脱脱一幕幕的世俗剧。有时还能赶上最接地气的民间风情盛事，免费观赏到折子社戏等。

八市的精彩还在于，在市场固有的利益博弈和买卖之间常会有教堂的钟声、优雅的圣歌、虔诚的祷告飘过；或者能嗅到庙里弥漫出的烟香雾气，听到深沉的木鱼咚咚声和清脆的挂杯落地声、签筒摇动的窸窣。执拗打拼和认命图运，世俗功利和虔诚向善在这里默默地碰撞。

俗到极致就是美，这是八市的写照。这美就来自不和谐中的和谐。八市是满足世俗欲望的市场，却又是抚慰心灵的信仰殿堂；八市是生活货品摊铺的散杂集市，又能让不同层次的客群在此心满意足；八市是市民化的古老的市贸场所，却又是让国内外游客趋之若鹜的网红打卡地。八市在闹哄哄的表象里潜藏着无数闪光的看点。

老城的民俗文脉之眼就在老市。华丽、浅薄的商业中心可以复制很多,而汇聚民俗情怀,兼具风雅品性的老市只能由历史造就。这当是八市独特的魅力所在。

爱在深秋

就在深秋我来了稻城亚丁,铺天盖地浓郁的秋光山色几乎让人感动到窒息。深秋,耳边不经意响起谭咏麟的那首曾经让少男少女们疯狂的《爱在深秋》,演绎"以后让我依在深秋,回忆逝去的爱在心头"这样淡淡哀愁的意境。歌词如诗,曲调悠柔,使这歌变得粘人,目睹深秋景象这旋律便缭绕耳际。而此情此景却怎么也对不上这歌中的原味。我就不明白自古以来的诗词歌赋为何多把秋和悲愁牵扯到一起,好像秋色就是为沮丧和伤怀来的,真是让秋萧瑟透了。眼前的秋是那么瑰丽多姿、赏心悦目。秋天让人踏实,是收获的季节,干吗盯着飘飘的落叶去感慨或有的萧瑟呢?

/自在时节/

站在秋日的高原，面对辽阔而富丽的画面，谁会有拷问苍茫大地的念头，有爱恨情仇之感？有的只是无尽的愉悦与亲切。蓝天下的高山那么明丽而诱人向往，雪峰在阳光之下呈现出神奇的洁白和崇高，让你不会有面对崇山峻岭的茫然和恐惧；山间的林海色调那么的绚丽，高原的植物在极端环境下形成饱含油脂腊面的枝叶折射出鲜亮的色彩，亮黄的落叶松、苍绿的冷杉、淡紫的三春水柏、黛青的高山杜鹃，这鲜亮的气质显然与漫山遍野的山花不同，着色得更沉稳厚实，鲜得耐看，鲜得让你感受到生命力的强大；山谷的湖泊和溪流碧蓝如玉，或许并不透彻，却如玉石般温润，因为它们的源泉来自雪山，冰川的运动让冰冷的溪湖呈现出令人倾心的碧蓝。在山林群落比邻处我看见许多双双对对的松杉相依的景象，深沉浓绿的冷杉和金黄带红的落叶松挺拔并立，像深情相拥的夫妻，在丛林万木中格外的耀眼。不知道他们已在这里扎根了多久，根须交缠、枝杈互攀，不论经历过多少风雨沧桑，还是一派硬朗

/秋/

矫健，一副健俏的身段。我想在满山葱茏时他们是被淹没在林海中的，只有在深秋才披上盛装登台亮相秀出他们的恩爱和风采。这便是深秋的宽广、深秋的磅礴，深秋昭告天下高原深山里的爱情故事。

我要是重归少年重新恋爱，我一定会带着女友来高原看深秋的山景。我们要一起感受秋色的热烈、空气的微寒，山顶的冰雪和谷中的湖泊。深秋实在是人生近乎美妙的时节，浪漫的世界里含着让人清醒的清凉，炙热的情怀中让人意识到随之将至需要相互取暖的寒冬。其实，又何必重归少年，只要是和爱人一起来，都会被这里的深秋所感动。人生一程程的春夏秋冬，到了深秋还有爱在，冬天又何尝不温暖呢？即便有谁曾经失去过爱，深秋时节来高原山地走走，这里感天动地的景色也会让他忘却忧愁，不再泪流。亚丁的深秋是能治愈心灵的。

五 色 海

对稻城亚丁那高高在上的五色海和牛奶海的向往由来已久,它的神奇来自游者的定义:"身体的地狱,眼睛的天堂。"一个需要通过某种自虐换取独特享受的机会是有强大魅力的。

听说途中的马匹不好租,早起赶上进景区的头班车,抢了观光车的第一张票到马帮点骑上马,阳光刚落在雪山顶上,晨空像蓝绸般衬托着耀眼的山尖。骑在马背上随蹄声和铃声晃荡,刺脸的山风粗暴的戏谑,穿行在乱石和苍柏耸立的昏幽的深谷,时而可见悠然自在的牦牛和石头垒砌的粗犷低矮的转场牧房,时而是河边觅食的成群的岩羊。一路风景,一路惊喜,四处诗画。风的呼啸、马蹄的脆响和马颈上铜铃的叮当成了诗的配乐，马背上的我们和前头牵着马的藏民都成了诗中带着浪漫情怀的意象主体。

2000米后开始徒步。这里的海拔是4200米。背负氧气、热饮水、自热米饭、水果和备用衣物、防湿鞋套等，超过5公斤的行囊。先是一段坎坷陡峭山路，踩着乱石窝向上攀登，不留心踏上结冻的泥泞脚一滑，瞪了眼边上的深渊不禁打个大大的寒战。艰难攀行约1000米，总算上了正在修建的钢梯栈道，路好走了，风却为难，高处岩体裸露的山谷劲风横扫而来，像告诉你不紧抓栏杆就得随它而去。在一步几喘气粗难接时总算到了歇息的站点，这里的海拔已是4460米。用尽脚力才换得200多米的垂直高度，要在不缺氧的山里一口气都能跑完。想起鼓浪屿日光岩，海拔不到百米，山腰上的一幅摩崖石刻"脚力尽时山更好"，忍不住笑出声来：分明出自文弱书生之手。不容打趣了，还有一两百米高的冲刺段要走。稍事休整，继续前行。在腿脚几近瘫软之际，一片翡翠般的

/ 秋 /

水面映入眼帘，央迈勇雪峰怀抱着扇贝状、碧蓝透澈的古冰川湖，镶嵌在一条雪般的砂砾带中，在灰褐嶙峋山崖的铺衬下显得细腻、圣洁而高贵。牛奶海，因水石的光影折射在浅水区泛出牛奶般的色彩质感而得名。强烈的美感冲击，为我们加注了大把的精神能量，正是冲顶阶段恰到好处的加油站。不知道这里的含氧量还有多少，但可以大口大口地呼吸，便也不觉得缺氧的威胁，可以登顶了。

又是垂直高差100多米的登山栈道，前方在召唤，好奇心的魔力使人不觉得这最高的冲刺有如前段的辛苦，很快到了海拔4700米的山脊。眼前湖面光影迷离，恍入梦境。由仙乃日和央迈勇两雪峰守护着的五色海，在阳光下或绿或蓝随波光变幻，部分水域映射出壳黄和藏青，一片云彩飘过，阳光强弱交替，又是一片异样的色彩。下到湖边，看湖底水草宛然飘动，倒影雪峰皑皑，白云悠悠，找个地方坐下进入醉人的景地。

从湖边回到山脊，突然有了"惊回首，离天

三尺三"的震撼。虽然曾经几次登上超过5000米海拔的高山，到过多处高原圣湖，都觉得离天很近，但今天具体得触手可及，大概以往是车子给力，而今天是身体力行。人是有征服欲的，历程越艰辛，成就感越强，这是登山者共有的心得。但我来到这里并不为征服哪座山峰，也不为山高人为峰的豪迈，只为能到这圣洁之地，与向往已久的两湖相拥的一片深情。爱之所钟，情之所至，一切的过程都变得无限的美好。

"卡称"之地

天全黑我们才进乡城,又走了十几公里到民宿所在地青德镇仲德村。车子按导航七弯八拐,提示已到目的地,约莫见得藏民家星点灯光、古拙的老树和四处湍急闹腾的溪流,就见不着民宿和它的入口,无奈还是请民宿来人引导才到达林间泉中的一栋白色小屋,是民宿的前台。管家领我们去客房,走过一段山径小桥,只见几栋白色藏式老房隐于林间,山泉在屋前哗哗奔淌,这便是客房。进入房间一派看似不经意的传统与现代、艺术与民俗水乳交融的氛围透露出一股带着新鲜感的亲切。

清早醒来,拉开落地窗帘,远处是雪山浮云,眼前是茂密的林子,几株黄叶老树在晨阳下灿烂着，松鼠在林间嬉戏，阳台下的流泉翻卷着白花轻奏晨曲，水声、鸟声伴着牦牛远近高低的沉吟，终于明白民宿主人追求香巴拉的用意。"香巴拉"是藏文经典里的理想国，人们心目中的伊甸园，这里真的很近。

早餐后管家带我们转了转周边的村落小镇，田野中散落的白色藏房，点点牦牛悠然的牧场，层层收割过了的青稞梯田，还有屡成为影视取景地的经幡路。仨俩满脸沟壑的老藏民面色平和的在屋前享受秋日的阳光，咕哝细语，偶尔有手摇转经筒的盛装老人走过，街角卖水果的老太深沉地打着盹，山光水色人文风采无不隐映乡城小镇的恬适和超然。我们路过一户院里有许多挂满熟透的苹果和梨子的老树的藏民家，我试探性地向管家表达好奇，管家与主人打了个招呼便热情地迎我们进门，主人带我们看了她的会客厅、厨房餐厅，还有设在二楼的家庭朝拜经堂，堂内装饰繁缛气派不亚于寺庙，据说这是村里一般人家的标配，家中的宽敞大气和民俗式的豪华令人惊叹，屋里屋外的整洁更让人感佩。藏家餐食的锅碗瓢盆各种铜锡器皿琳琅闪亮，陈列得如同展馆般有序。一切都是他们的日常，他们就生活在如此圣洁的家。刚要出门，家中的二代女主人（当地家宅的传承以长女为主）正好回来，带着憨厚笑脸跟我们握手，说今天是她的生日，很高兴我们来她家参观，老朋友般地聊了聊，告辞时说送我们矿泉水和核桃，要不院里的苹果梨摘些带走，淳朴得无愧于这方圣洁之地。

"乡城"是藏语"卡称"的音译，原本是佛教传说中的手中佛珠之意，我相信乡城里像仲德村这样的地方应该不少，佛珠本是成串的。不知道是什么年代什么背景下把"卡称"译成"乡城"，我真为此地惋惜。天堂般的村落聚集之地被冠上地道乡土的名字，折煞了这一方水土，有如天生丽质的玉女取名"翠姑"让人有点对不上号。不过，即便如此，真正的女神并不会因为叫了"翠姑"而不使人仰慕和追求。这大概是此地的自然风光虽远不如稻城亚丁、巴塘理塘，却有那么多的游客不辞劳顿长途奔袭而来、趋之若鹜的答案。

千户藏寨

理塘,坐落于海拔 4000 米之上的天空之城,康巴藏人的骄傲在于此方圣地频出藏区佛界高人。勒通古镇的千户藏寨汇聚了理塘的精华,它是七世达赖格桑嘉措的诞生地,是六世达赖仓央嘉措初恋情人仁真旺姆的故乡。

导游央宗带我们进入寨子,出乎想象的是这里看不出风雨沧桑的痕迹。除了两三处经典的历史老屋,满街是翻新的藏房和与众景区相似的文创商业。我问央宗寨子的历史,她敷衍了一下。去了寨上的书店也找不到介绍寨子历史的相关书籍,这让我大失所望。后来才了解到沿街的建筑几乎都是翻新的,对当地的藏民而言,寨子的历史和老旧的藏房并不重要,寨子里的几处圣地才是他们安放心灵的家园。

央宗是位很可爱的女孩,直言她主导介绍仁康古屋和仓央博物馆,看得出对寨上诞生的七世达赖格桑嘉措和与理塘有深深情缘的六世达赖仓央嘉措两位先贤的虔诚。仁康故居是七世达赖的诞生地,已由家庙变成寺庙,展示七世达赖年轻时亲手雕塑的自身像和一些法器、文物,门楣上红绸挂着七个用檀香木雕成像巨大花生状的金刚杵,昭示此圣地诞生过七位德高望重的大活佛。这是一个何等的荣耀的家族。大概因为游客们对西藏历史了解的肤浅,且七世达赖又不是功绩显赫的藏区统治者,对故居感兴趣的游客不多,参观时也匆匆走过。

仓央嘉措博物馆的情况就不一样了。虽然谈不上什么藏品,以介绍这位伟大诗人达赖的作品为主,不大的一个地方却人气满满,多为年轻一族。作为天才诗人的仓央嘉措知之者众,了解他神秘离奇的身世和与他纠缠在一起的西藏的那些年代历史的应该不多。这使他蒙上了比其他诗人或历任的达赖都更神奇、迷离的魅力。藏区之大,仓央嘉措的出生、坐顶、出走、云游、圆寂都与此地无关,也就因为他的一首诗："洁白的仙鹤呀，请借我一双翅膀，不飞遥远的地方，只到理塘走走。"使理塘成为他一生最想来却一直没有来过的地方。在这里我第一次了解到仓央嘉措富有传奇性的历史轮廓，第一次拜读了他的诗集，为他诗中抒发的真挚直白的情感和蕴含的人生哲理、生命态度倾心。一位处于乱世不得以成为权谋傀儡的达赖，并不因为他在政治上的无所作为、最终被废黜而消声于历史的长河，恰因为他的文学成就流芳百世。被时代裹卷的伟人总会在史卷上留下浓重的一笔，而伟大的文学作品所带来的美学价值和精神力量往往更能得到普世的认同和长久的追捧。

"住进布达拉宫，我是雪域最大的王。流浪在拉萨街头，我是世间最美的情郎。"一位活生生的诗人已经在世间浪漫了600多年，还会一直活着。尽管他指向的转世灵童的诞生地勒通古镇，也就是如今的千户藏寨已经面目全非，但来到这里，总会有走出某个巷口说不定就能邂逅云游至此的这位诗人的幻觉。

三逛东栅

一条河把乌镇分为东栅和西栅,两个景区两重天,水乡的主体景物相近调性却错了个位,东栅清朴而西栅繁喧。

夜里进东栅,民宿的房东带我们进景区内入住,一路上的幽暗、清静和空寂,出乎想象的神奇。

出于第一印象吊起的好奇,我次日起了个大早想看看晨霭中的水乡。天气很好,曙光乍现,顺着老街轻轻地走动,像一个远客进入陌生人家空荡的客厅。街上一片静谧,没有赶早的行人,也不见晨练的老小。临街木板屋里偶尔传来点锅瓢的声响,该是早起的人家开始准备早餐。此情此景有如身处古老偏僻的还在昏睡中的小镇。近千米的老街很快到了尽头，跨过小桥再沿河回走。已过六点半，天色大亮。迎面可见一两行人，河边石板坐着个老妇，和蔼地冲着我问了声"早"，让我这初来乍到的孤独游客感到别样的亲切。河边已有老人在洗刷，偶尔有人拎着青菜豆腐走过，老街刚刚醒来。

临近中午，太阳亲和地撒进了河道，水墨丹青的水乡画卷缓缓铺开。商铺陆续开张，河里始见摇橹船划过，稀稀落落游客出现在街头，清淡的街趣成了这个曾经繁忙过的水乡今日的亮点。老街建筑谈不上特色，是一两层的朴素的木板房，即便是印染酒坊等大户人家的店头门面，也不见雕梁画栋和精细的工艺手笔。街市没有突兀的招牌、飘扬的商幡、深情的吆喝，更不见其他古镇常有的高挂的灯笼和花花绿绿的装饰，只有几分的淳朴与恬淡。当然水乡真正的街景在水巷，河中立柱，水阁廊棚，枕水而居，一如江南的其他水乡。

我要了碗西湖藕粉，坐在临水的街边，看行人蹒跚过往和间或划过的摇橹船，听船夫向他的客人们讲述桥和两岸老宅的故事，看船上游客百态。时已仲秋，垂柳还是那么绿，秋蝉还是叫得那么欢。静静的车溪河里荡漾的轻舟，泛起微澜闪耀出的粼粼波光有些晃眼，如从茅盾故居里闪出的光芒。东栅并没有特别让人记得住的景观和老宅，却有随这位文学巨匠一起展述的让人忘不掉的学校。茅盾故居展示的文字图片资料让我对他就读过的乌镇高等小学深感敬佩。当年的作文居然以史论为主，如《文不爱钱武不惜死论》《宋太祖杯酒释兵权论》等，而在少年茅盾的一篇作文后页老师写下了这样的评语："目光如炬，笔锐似剑，洋洋千言，宛若水银泻地，无孔不入，国文至此，亦可告无罪矣。"要不是亲眼所见，实不敢相信有这般立意高远的小学、有这般心志早熟的学生。一个几度兴衰，几经枯荣的水乡小镇才能抚育出这样的小学和这样的学生。尽管今日的东栅是这样的散漫与恬静。

晚间的老街，像早睡的老人迷蒙而昏沉。沿街商店夜幕未落就打烊，早早上了门板的街铺里也透不出一丝亮光。昏暗的街灯照在磨光了的石板上反射出或亮或暗的丛丛光影,老街显得格外神秘而悠长。窄窄的侧巷深不见底,有如装着说不尽的斑斓与沧桑。街上无人也听不见异响,脚下的旅游鞋突然变得结实起来,踏在石板路上,噗噗声在街巷里回荡,老街似乎又回到了远古的年代。影子随灯光忽前忽后,朦胧中时不时会有跨越时空的幻觉。我回到民宿,坐在二楼的露台上,眼前是幽暗的星空和车溪河两岸的暗影,河水在微弱的天光下晃动。感觉乌镇的东栅真是适合让人发呆的地方,叫你什么都可以想,什么也都可以不想。

次日,我又在同一个地方,要了同样的一碗藕粉,和着乌镇特有的桂花糕,在满口的淡香中,愈发觉得东栅像藕粉那么纯、那么稠、那么乡土。

乌　篷　船

江南水乡的乌篷船和摇橹船（我想把它们通称为乌篷船）是出了名的，千百年来文人墨客的绘情绘色，让今日的乌篷船充满诗意，以致到了江南没有坐乌篷船的体验就像去了武夷山没有体验竹排一样遗憾。

乌镇乌篷船给予的经典感受，不仅在河道景色和两岸的风物，更在于它造就的物我情调。古朴清雅的小桥流水人家，无市井便少了烟火气，过度的繁华则必显庸杂，乌镇恰到好处。

感受乌镇乌篷船的至佳时段是一早一晚。早是在游客聚集之前，晨阳初照，微风拂柳，两岸店家已三两开张，水上集市开市，搭载着鱼鹰的小船从身边划过，鱼鹰冲着你扬扬头、拍拍翅膀。这时该有点风，河水滑过船底有微微的哗哗声，临水廊道上挂着的风铃轻轻作响，眼前便是充满诗意的、活着的古老水镇。晚是在晚餐高峰过后，商家的华灯与水岸映照的灯光烘托出市井的繁华，偶尔有笙歌飘过，端坐船头穿过一孔孔桥洞时桥上已没有足以踩踏你似的人群，水面上下组合成一个个斑斓闪耀的光影隧道任你穿越行，这时你带着小酌后的微醺很难不飘飘欲仙。

乘船观景绝妙，在岸上观船则是另一番风景。岸边看船，有适度的视觉距离和景深空间，像面对一个旋转的舞台。舞台上剧中人和情节一幕幕变换，有四处张望、一脸好奇的单人的哑剧；有穿着时髦性感或古老飘逸的服饰，体态、动作夸张或缠绵悱恻的爱情剧；有大声喧嚣、插科打诨的世俗欢乐剧；也有西装革履、正襟危坐阔谈宏议的正剧。人间百态似乎都可以浓缩在这小小的舞台。更精彩的是这场景有着国画般的美感表达手法，着墨不多，却给人极大的想象空间。当身着飘逸汉服的窈窕淑女手执丝绣圆扇弄姿船头，哼起江南小调，意象里都会填进盛开的桃花和蒙蒙的烟雨。船在眼前划过，给你的只是情节片段或局部动作，你能听清的也只有三两句"台词"，甚至几个关键字语，比如"咯咯咯……"的一串笑语，"让他（她）害惨了……"，"基金公司突然就不理他了……"等，背后都连着跌宕起伏的剧情，让看客自行演绎，实在精彩极了。我住的民宿有临水阳台，本想在这里读一下午的书，可眼前一船船摇过，常让我忍不住离开手中的书本抬头去观赏这小舞台的节目。

视景中的乌篷船是一幅能让人静心欣赏的图画。艄公的橹桨轻轻地摇动，听不见妙笔描绘下的欸乃，也没有搅动水面的哗啦声，船在绿丝绒般的水面滑行，剪开映在河里的云光树影、水阁廊屋，水里的画面随之变形夸张，而后又回复原有的模样。这一切与我看惯了在浪花飞溅的大海里划行的舢板的景观迥异，后者表现出一种力量和激情，前者表现的则是浪漫与诗意。

此行带着的是一本史书,读来像岸上的看客。历史长河承载的一船船怀揣不同心志、各具角色风采的人物轰轰烈烈而来,却淡淡然而往,即便历史留下了他们的名字,亦匆匆如也。而现实里谁都船客,一生风尘仆仆地在不同的码头上上下下,上船去扮演各自的角色,下船去追逐不同的风景,能持桨掌舵、傲立船头的寥寥无几。但终究有一天谁都会老困成随船的看客,到那时只要不在打盹中错过两岸无尽的风光,也就够了。

看着乌篷船,我不觉神游天外。

柔软的南浔

柔美本是江南水乡的气质,水巷轻舟、小桥细柳、白墙灰瓦的枕水人家、婉转迤逦的戏剧评弹等组合成它的特性。但历史的积淀、后人的耕耘和今日的打造,使水乡们各具气质偏向。有些像豪门商贾的千金,有些像官宦之家的小姐,有些像书香宅邸的闺秀,南浔则像家底殷实又腹有诗书的淡妆村姑。

南浔曾是江南最富庶的古镇,随处是高墙深院的豪宅,即便历经多次战事和动乱的毁损,至今仍存有许多耀眼的府邸。明清时期南浔靠蚕丝和手工业造就了众多富豪,至清末按家族财富有"四象(500万两银子以上)、八牛(100万—500万)、七十二金狗(10万—100万)"之分。四象的财富相当于清政府一年的财政收入，首富刘墉家产达两千万银两。那么他们府邸的高大恢宏、气势逼人，装饰的华贵精美，雕梁画栋的惟妙惟肖，私家园林的绰约多姿也就不足为奇。耐看的是这些晚清的建筑把传统的建筑艺术和雕塑工艺用到极致，每个宅院都有好多场景能让人驻足玩味，饱享视觉盛宴。

南浔的老宅之美不仅在于豪横，更在于它的灵魂。坐落于幽雅园林中的嘉业藏书楼，朴素端庄的两层回廊式建筑看上去并不显眼，却曾藏书60万卷，约16万册，其中不乏秘籍和珍本，堪称中国近代私家藏书楼绝唱。且若有读书人借阅或刊印书籍，主人都提供食宿照应，这是何等的学理情怀。张石铭旧宅和刘氏梯号是另一番风景。在传统精美的宅院里都夹建了恢宏的西式楼宇。法国红砖、德国玻璃、罗马石柱、巴洛克栏杆、科林斯铁柱、印象派地砖无不体现地道的欧风。楼内有舞厅，楼外有网球场和奶牛场，足见生活方式也渐趋西化。有趣的是在洋楼的两侧都建起高高的粉墙黛瓦的马头墙，据说是为了不让外人见到院中的异样，并兼具防火的作用，这是何等用心又何等谨慎，也足以见得国人在"西风东渐"过程中的矛盾心态。张静江故居记录了这位矢志实业救国的政治商人的传奇。一位被孙中山称之为"革命圣人"的巨人从这个豪门深院出发，在中国革命史上留下重重一笔，正如悬挂于故居正堂由孙中山题写的楹联："满堂花醉三千客，一剑霜寒十四州"，令人震撼与诧异。刘氏梯号宅中刘氏后人谈及祖上发迹三秘诀称："官府要有人"，"要与洋人打交道"，"后代要读点书"，才学、靠山、渠道都有了。商界大佬的家训，是何等的直白和现实。南浔人抓住上海开埠的机会，把生意延伸到上海，弄潮于新兴产业并屹立潮头，财富位列上海豪门的前榜，又是何等的本事与气派。到了南浔，也就明白了它能成为中国民族资产阶级发祥地之一的原因。到了南浔，看看这些当年新潮的人士，行走在"中体西用"的道路上是那样的羞羞答答，似乎又可以明白为什么中国的资产阶级革命难以取得真正的成功。看到这份上,南浔之美就丰满起来了。它的美绝不是一个浅薄水乡的羸弱娇羞的美,而是历经洗练的风韵之美。

在江南的几大水乡古镇中,今日的南浔并未被旅游创意重重的包装裹挟,多了些原汁原味。属于南浔的美蕴含着一种质朴的情感和温度,让人更加喜欢。

李坑的影子

都说李坑是网红的摄影点，那必定是一个很能入镜的地方。但小桥流水、粉墙黛瓦、抚慰凡心的古村落不少，它又能有什么特别的魅力？

见到李坑的第一眼，我真不觉得有什么特别，两涧溪水在村中汇流，溪边徽派老宅层层叠叠，间或有些两三层木构飞檐挂满红灯笼的廊式商铺，颇有古村落的味道。村子不大，我顺着旅游导览穿过拥挤的一群群写生少年，很快结束了几个景点的观赏。当我再次回到村口，沿溪逆行散漫徜徉的时候突然发现，所谓伊人，在水一方。

李坑的美在水里。因为水浅，只在水口处

/秋/

短短的一段可以行船,而船似乎也只像道具一般拴在岸边,静静的水面映照出色彩鲜明的倒影,溪不宽,两岸景色一齐映入水里,青苔地衣花草点缀的黛青的石岸和数十座跨溪石、木桥有如画框把两条溪变成画廊,随光影的变幻展现出意境悠远的水墨,色调淡雅的水粉,光影闪烁的油画。我忙不迭拍下水面景象,就在一处要定格的时候,坐在水边写生的女孩突然晃起泡在水里的双脚,不知道是为自己得意画笔表达喜悦还是突然想起欢心的往事,居然打出水花来。涟漪从女孩的脚下泛起,一圈圈外漾,清波荡气,水面的景色变得缥缈迷离,投射在白墙灰瓦的阳光和映照水面的闪耀光影把那女孩一并笼罩在水里,如同让人目眩的印象派画作,我不由得驻足端详至女孩尽兴、水面回归平静。水面像一个有美图功能的镜子,过滤掉那些百年古宅的破旧与残败,过滤掉街巷过浓的商气与嘈杂,使我变得宁静,使内心唯美。想当年辛弃疾"溪边照影行"为"人在行云里"高歌,他要在今日过路李坑,见到与他一并映在水里的蓝天白云、粉墙黛瓦、朱楼雕榭、飞鸟游鱼，还有溪底的卵石和溪岸的花草，这一幅幅让视觉错位却透视感极强的画面，如何不会狂歌吟啸、手舞足蹈？

沉浸在水中画里，让我忘却参观老宅时留下的遗憾。那些恢宏的老宅多数有后人住着，有厅堂里兜售家传秘方的，有老屋内砌柴灶生火做饭的，有摆三两古董推销的，幽暗破旧得让人心疼。大夫第二楼有精雕细琢的临溪街的绣楼，已标识危房不让进入，正厅摆着几块牌子介绍村里出过的众多的官宦文人和他们连篇累牍的著作，走遍村落却买不到任何介绍李坑的图书资料。我突然觉得由现实表现出的历史往往是厚重深沉的，而现实映照到水里的影像却是浪漫飘逸的。就像是二泉映月和阿炳，前者在水里，后者在现实。

长长的溪岸用不规则的石块垒砌，看得出与小溪相伴久远的沧桑与阅历。石缝间丛丛杂草长得自在欢快，间或有一两株开了花的野蔷薇和叫不出名来的开着紫花的小草，在微风中和水里的影子一起轻轻地摇曳,像为坚守的岸石表达内在的生命和理想。历史的过往川流不息,小溪和它水里映照的世界却常新常在。

宏村的水

先人依水而居,执念于"藏风聚气,得水为上",村落因水而坐,水系便是维系村落生活的脉络,众多名村古镇莫不如此。皖南的宏村溪湖沼塘遍布,处处是水的风光,但她与江南的水乡不同,水不是街巷,舟不可代步。与筑圳分流、溪通各户,只为饮用洗刷之便的其他山间村落也不同,她视溪为肠,视湖为肚,视户户相接的水渠为血脉,人为的风水与居住需求照应,一个村落就在有着不一般的功能和寓意的水系中舒张、吐纳,形成了几代人的繁荣胜景。

宏村又称牛村,是顺山势造就的风水杰作。山为头,村为体,桥为腿,树为角,溪为肠,湖为肚,精妙的水系设计和民居布局,倾注了世代繁衍、天人合一的执着情感。在这幅氤氲缥缈的村落画廊中，点睛之笔是称之为牛肚的两片水面。

村前的南湖错落地生长些荷花，一道画桥穿越湖中，村里的白墙青瓦马头飞檐和扶苏绿柳一齐倒映湖中，水光天色令进村的目光凝结，脚步流连。这个被称之为牛肚的湖泊，聚合了村里分流经户的各路水脉，成了四水汇流、藏风聚气的象征。桥是近村的主道，想当年那些远行求学、经商、事宦的老少乡民们步桥过湖时该都会触景生情：由此远去该带回些什么，此行回乡又能留下些什么？一个"肚"的寓意形成了深深的风水暗示，容纳了多少人文滋养和财富荣耀。步入村庄，溪水顺着巷道哗哗流淌，浸润百家，有大户人家甚至引溪水入室，在账房先生的居所打了个回旋，意图带进源源财气。溪中清水流过悠然飘动着水草的卵石，石板上捣衣声的嘭噗作响，像吟唱着老村的歌谣。村心的月沼更是传神，据说是 600 年前宏村的世祖邀请风水大师遍阅山川，详审脉络，就村中

| 秋 |

的一泓涌泉规划而得。月沼因诲"花开则落,月盈则亏"而建成半圆,各具风采的屋角门楼绕塘而立,光影折射出如幻的构型立面,沧桑般的驳墙颓瓦,老藤古树,湛蓝银亮的云天,映照在如镜的水面,实虚间似乎穿透了现实再现遥远的场景。当年儒商岸边沉吟、商妇水边倾诉、少女水影弄姿、顽童绕塘嬉戏的画面历历犹在。百年的故事都在塘里。深谙哲理的沼塘终究映照出了花开和月盈的曾经,应验了当初的警示。

宏村的水执着地在它的肠胃血脉里流淌,风却不留痕迹。风水是否依旧?村里引以为傲的一幢幢宫殿般高堂里似乎还见得着当年富贾巨商衣锦还乡的喧闹,雕梁画栋间似乎还闻得到高朋满座的酒宴醉香,道道意幽韵远的楹联中似乎还听得见诗书诵读和对晚辈的孜孜教诲。眼前,是幽深昏黄的里屋内子孙安逸的啃祖生活与厅堂间游客游观的喧闹;是装修新潮的店家和日见破败的祖宅。不知宗祠里悬挂的高祖见此景象会否一如画像里慈祥?人造就了风水,风水能否成就世世代代实在难说。有道是风水轮流转,"有福之人必居有福之地",到底还是人本身,这本是风水不败的真谛。

宏村灵气四溢的水令人陶醉,也让人感慨。

西递的天

我相信西递人喜欢仰望天空,他们对天有一种血缘般的向往,近千年来村里的胡姓人家者乃执着认定本姓为李,相信自己是地道的唐昭宗的皇家血脉。这里人杰地灵,高官富贾辈出,康熙年间起家繁荣的旷古斋主人"以商入仕,以仕保商"的官商哲学便是西递的文化传承,靠徽商精明的生意本事打江山,以财资姻亲等手段为官入仕,接近朝廷天子,获得守护金山银山的权势,可道是两手都硬。为商求官怎能不时常仰望天空?西递览胜,可以感受到这样的仰望。

西递是徽派民居的典范。层楼叠院,精美繁复的建筑形态、雕塑装饰、家具陈设让人眼花缭乱。其他村落鲜见的号称"五岳朝天"的有五阶马头墙的超级大宅似乎就是仰望的写照，不论是主人对天的仰望，还是别人对他的仰望。

举头仰望是游览西递领略这村落别具一格的观景视角。可以追慕当年豪宅故主的财富与大气，细细地品鉴细腻精美栩栩如生的檐上木雕、门头砖雕和窗上石雕，而我更着迷于由建筑创构的变幻无穷的天际轮廓、神奇的光影组合、虚实交错的空间带来的时空意境和遐思天地。

西递街巷纵横，除三条主街外多是阡陌般的窄巷，有些仅容一人穿行。皖西民居防火防盗、财不外露的理念，造就平板无窗的高高的马头墙，构成独有的一线天景观。两侧苍苔斑驳的高墙，猛然飘出檐角飞动、万般雕饰的门楼门盖，强烈韵律感的高昂低延的墙头，划出一条条华彩饰边形态各异的湛蓝明空，那虚实明暗、那华素多姿，在强烈的对比组合中形成独特的天地之美。偶尔墙头探出几片绿叶，几串红黄花朵，随微风摇曳，几只鸟儿瞬间飞过，更是动人心魂。

古宅四面围合，靠天井采光，构成另一奇特的天色景观。檐梁的雕饰是西递建筑一绝，进屋仰望，这雕梁画栋恰似精美的画框，展示一幅幅蓝色天幕中由飘动云彩作画的变幻无穷的苍穹杰作，想必在月盈月亏的星夜会有异样的精彩。哪怕没有云彩，清澈的天空也像拉张好留白的画布，任你的遐想尽情地描绘。

民居的外墙少有窗户，而一旦设窗就会是主人寄思的艺术品。或如青石镂空的叶脉形窗，寓意落叶归根；或如门盖上扇形雕窗，寓意出入间抬头见善（"扇"的谐音），积善成德。有竹报平安，有花开富贵，林林总总。有意思的是透过寓意的高窗见天，像是天人感应的连接通道，总能有不尽的臆想。

村中有幅联子曰："入座芝兰吹气暖，凌霄松柏得天多。"似乎诠释了西递先人仰望天空悟出的哲理。联子说透了励志哲学。你成长得快，得到的阳光雨露多，便能获得更好的成长条件。站位高了，视野开阔，伸展手脚的空间大，就能发展得更好。经商为官莫不如此。这不就是人生发展的马太效应吗？机会总是先给那些能拔得头筹的人。寥寥数语里志向和动力都有了。西递村里的天空，像物化了的哲学，在厚实华贵的屋墙间，在略略昏暗的天井里留下一片看上去高远但似乎又可以企及的天空，在摸得着的实体烘托中留下一片天光云影、星空明月，何等的令人向往。

西递的天像诗，也像哲学。

篁岭晒秋

来到篁岭,我才真正读懂"晒"字的含意。

篁岭是婺源石耳山脉中一座有近600年历史的村落,数百栋民居围绕水口在百米落差的陡坡上扇形梯状布局,清一色的徽式建筑依山成势,高堂华屋与农家院舍比邻错落,粉墙黛瓦,马头飞檐,精雕细刻的门楣、窗棂、石壁与古老的石板街径、石泉花树,有古镇的清雅又有深山老林的情韵。独特的村落形态让人踱步村里,到哪儿都能享有观赏大半个村落景观的视角,往哪看都是一幅幅图画。

篁岭以晒秋闻名。挂在山崖上的村庄,"地无三尺平",难有大面积的晾晒场地,村民利用自家楼房,在二楼朝外挑出一排木横梁,将硕大的竹编簸箕置于梁上晾晒采摘收获的粮果。每当日出山头，农家晒架上的五彩缤纷与色调沉着沧桑的宅屋一起组合成场面宏大惊艳的"晒秋"农俗景观，创造出强烈的视觉冲击力。入秋时节正是火红的辣椒、亮黄的皇菊、米白的莲子收获时节，连同已采摘的金黄、橘红的南瓜和成排成串凉挂的玉米，形成一幅连天接地浓墨重彩的乡村风景图画，让人目不暇接。画里涌动的不仅是空间的美、色彩的美，还有洋溢在山间民宅的激情和喜气。

篁岭的魅力不仅是它的晒秋，还有它在网上"晒"红了的天街和水街。

近500米长的天街横贯篁岭，连接"三桥六井（塘）九巷"，把这个地少屋多坡陡的村庄梳理得曲径通幽又井井有条。街头有御赐牌坊，沿街明清时期落成的堂厅楼屋比比皆是，无一不是石雕、木雕、砖雕工艺精湛的作品，其中竹虚厅的满堂木雕最是秀美馥丽，极尽工艺巧思，全覆盖式的精致细腻的木雕楼面让人叹为观止。一幢幢保持良好的老屋都讲述着曾经人

/ 秋 /

才辈出的篁岭及其主人家沉浮的故事,展示华表楹联上撰写的:"旌自国家,操捷雪沙菱镜;建诸天地,微流壁水兰基。"可见心胸志向、情怀修养,这是一个有文化底蕴、有事业建树的村落。如今,遍布商业和风物陈列的天街古典中带上新潮,幽雅中拥有和煦的人气,流连其中,一种超然而不离尘世,脱俗而又自在的生活情调便油然而生。

水街与天街呈丁字状布局。从村里穿过的一脉不大的山泉,因为山势陡峭,层层跌落下来也颇有浓浓水意。泉流旁几百上千年的红豆杉、香樟、枫香、银杏成林,树王红豆杉已在此繁盛生长了1200年,是它600岁的时候才有这个村落,再过了600年这个村落才成为令公众向往的景区。与之相比道旁460岁的樟树似乎正值年轻。老树绿荫下流泉边的民宅变身成各色店铺,依山径石阶串起形成街市,游逛消费于婆娑树影和层潭跌水间可浑然忘情于山水街趣。

篁岭以它的山水人文晒得人心醉。我来的时候还只是初秋,据说到了晚秋当柿子、银杏、枫树一起披红挂彩,村子的颜色会更加璀璨。我明白,当今满天下都在"晒",把现实世界和虚拟世界挤得哄哄嚷嚷,但真能晒出干货的实在不多。篁岭怀揣沉甸甸的干货候着,我怎么能不再来看它晒得更透的秋天?

再过安平桥

55年后的今天,我再次走过了安平桥。上回从安海端出发,这回从水头端,走了个来回。

记得小时候走过的安平桥嘈杂拥挤、险象环生,桥上没有护栏,人车(主要是独轮车)纷杂,身背肩挑车载马驮着各色货物,孩童夹行其间像被淹没似的。桥下潮水湍急,哗哗的流水和呼呼的海风,眼睛不敢直视大海,哪怕是透过石板缝看到桥下汹涌的流水,心底里也还是战战兢兢,总觉得过五里桥如漫漫长路。过桥是一段艰难的旅程,这样的印象在记忆中难以抹去。如今海湾口的拦海大闸让安平桥成了公园里湾湖上的观光桥,五里长桥静卧在如镜的湖面上,三两行人徜徉桥上悠然而过,使这由五六条石板拼成,不过

| 秋 |

三米多宽的石桥显得气定神闲、雍容大度。桥下水面滩涂和水心亭都收拾改造成养眼的景观，两岸高楼矗立，五里桥似乎短了许多，过往来回只会有一身的惬意。穿过桥头的澄淳院就到白塔脚，这座镇桥塔依然挺立，只是在周边高楼的映衬下显得有些谦卑。

我大舅的家曾经坐落此地，当年我在这喧闹无比的桥头塔下住过二十几天。

大舅家紧邻澄淳院，海湾有一脉支水走过屋边。大屋是木结构的，有三分之一架在滩涂水面上。凭窗可见潮起潮落，鱼虾螃蟹游走。大舅家前店后宅，日杂建材生意红火，马拉驴驮，店外一片市井繁华，鸡鸭鱼鹅、菜粿煎糕，人声鼎沸。往店外一走，处处热闹事事新鲜。夜里人潮退去，桥头便成了纳凉的去处。记得有天夜里，我坐在临水巷的内间，潮水涨满，月亮静静地映在水里，突然在外间的大舅拉起二胡，以他特有的调子吟唱起："暮色苍茫看劲松，乱云飞渡仍从容。……"低沉，略带沙哑，穿透夜空，撩动水面微澜，当时并不懂得大舅传递了什么意境，只觉得如水的夜变得深邃和空荡。

眼下桥头大道一侧高层裙楼里麦当劳、肯德基等众多时兴的商铺喧腾闪耀、流光溢彩，静默的五里桥和白塔便显得清冷孤寂起来。伫立桥头，回望横卧平波的老迈长桥，恍然觉得像过了个时光的隧道。55年对950岁高龄的石桥来说极其短暂，但再次相见便由它连接起清晰却又恍惚的过去和现在。有些事即便不是亲历，石桥所刻入的历史信息，从远古的建筑智慧和经历过的沧桑，及至与自己相关的故事，总会有很多东西让人触动，然后在回神当下中感叹。

桥还在，其他的都变了，这是社会发展的必然。些许遗憾的是，这座跨越海湾激流的宋代超级工程，这座中古时期世界最长的梁式石桥，这座与洛阳桥一起沟通宋元帝国沿海通道、支撑起世界东方第一大港的古桥，已不再有天堑通途的历史身份，失去了人间烟火，再没有潮涨潮落，已像是博物馆陈列的一件古玩。再临安平桥似乎只剩下想象中的景仰和冷冰冰的凭吊。

水道本是社会的血脉，横跨水道的桥梁是人

类意志和力量的象征,有桥就会有撇不下的世态和生态,就像清明上河图的虹桥,牵起汴河两岸的广阔场景,从而记录下一幅活生生的社会图画。桥本是载体,当古桥成为只用来观瞻的冰冷的实体文物,桥就失去了生命。能否有些围绕着它的民俗风情再现,能否有博物馆来告诉游客它曾经的伟大和辉煌?让它成为串起传统和现代知识,成为历史记忆的桥梁岂不更好?这是闲人的话题。

碉楼奇葩

开平的1800多座碉楼像乡村里绽开的奇葩疏疏朗朗地生长在岭南1500平方千米的绿水青山之间。或在田头村尾，或在山麓林边，远远望去如鹤立鸡群，仪态万方，魅力四射。即便对游客而言村与村之间的交通并不便捷，我还是执着地走村串户想多了解这一奇特建筑家族的风采。说是奇葩，是因为它们的生长背景和形态都很独特、很灿烂，堪称前无古人，后无来者。

行走在开平的碉楼之间，时不时会涌起一个个带着趣味性的谜团，到访后才从这些建筑的背景和楼内展示的实物资料感悟到超乎寻常逻辑的答案。

为什么在荒僻的乡村会诞生出如此奇葩的建筑形式?

为什么以避盗避匪为出发点的居所却表现出极度张扬的财富?

为什么在传统惯性极强的中国农村会产生融合世界几大建筑艺术风格的民居?

为什么在交通和信息传递还相对落后的时代,乡人能创造出如此丰富和精美的建筑艺术作品?

碉楼本是已存在了上千年的以防卫为主导功能的建筑体式,国内外许多地区的城镇乡村都能见到。因为功能性强,其形态往往相对简约,通常作为附属建筑与当地的民居、殿堂等设施一起综合体现当地的地域文化。而开平碉楼则以其特有的建筑使命和美学价值成为世界文化遗产。

史上的开平曾经是三县交界的不管地带,匪盗猖獗,频繁的绑架劫掠让百姓特别是较富足的人家不堪其害,不得不建设防卫自保居所,早期的碉楼更强调功能,与客家的围屋和土楼

/ 秋 /

相似。因为民生疾苦，谋求生路的乡民远涉重洋"搏命"，去淘金或做修筑铁路等苦力，经几代人的延续和发展，开平便成了著名的侨乡。身居海外的华侨向来有光宗耀祖、叶落归根的心念，哪怕只攒下一点血汗钱也匆匆寄回家乡建楼，碉楼就是他们身份、财力、情趣的象征。就这样，财富、见识、心念和自保需求造就了开平碉楼的奇葩。

开平的1000多座碉楼有1000多个面孔，据说没有一样的长相。时间跨度从明朝至民国，使用功能从居楼到更楼，建筑风格从中式到西风，琳琅满目，但纷繁涌现还是在民国时期，最具观赏价值的也是这一时期的建筑。

碉楼的功能特性和艺术风格集中表现在建筑的上半部。那些经典的碉楼无不像博物馆里的精品，独立陈列在相对朴素的台柱上。锦江里的瑞石楼可谓精美的代表。一至五层的方形楼体每层的四个端面各开三个不大的窗户，有西洋风格的造型图案各异的线脚、柱饰、窗裙、窗楣、窗山花，简约而典雅，为上部的华丽做了铺垫。五层顶部仿罗马券拱和四角的雕花托柱支撑起六层外挑的爱奥尼克风格的列柱、券拱组合的柱廊和燕子窝。七层主体内缩，平台四角建有穹庐顶角亭，南北两面有巴洛克风格的山花。八层是西式六角塔亭，塔亭上有罗马式穹庐顶小圆亭。建筑体量收放有度，风格多样而和谐，如果不是七层山墙上镶嵌的楼匾和六楼山墙有双喜纹饰，就恰如欧洲某一城堡的局部移植。楼内除少量的装饰元素和较多当年时髦的如卫浴、留声机、烤箱等舶来品外，建筑格局、装修风格和文化元素都还是具有浓厚的中国传统色彩。开平精美的碉楼很多，多为风格混搭，一栋楼同时采用古罗马式、英国城堡式、拜占庭式和伊斯兰式等设计元素，有些是西洋式楼体搭中式斗拱琉璃瓦屋面或西式平台上建中式攒尖凉亭，大跨度的建筑风格糅合形成了侨乡特有的乡土美，是客居和祖居两份乡土情怀的结晶。

有趣的是这些碉楼多是本土工匠根据楼主的意愿、思路或草图，模仿华侨寄回的印有西洋代表性古典建筑明信片的样式设计建造的，碉楼内还展示着当年的实寄封，不得不让人叹服。

当今，碉楼已失去原有功能的意义，有些已人去楼空，但作为特殊的历史地理背景下的产物却具有它恒久、独特的建筑意境。是乡民的生命坚韧和生存智慧造就了开平中西合璧的碉楼，成为乡土建筑的一片星光。

禾木的浪漫

在禾木街头偶见一块平素的街牌上写着"把浪漫留给禾木",对那些景区常有的煽情文字早已麻木的我居然盯了这牌子几眼,只觉得中意。是禾木给了旅人浪漫的天地,还是旅人把浪漫的情怀留在禾木,抑或是禾木酿造了天地人的浪漫,总之这牌子道出了禾木的调性,浪漫属于禾木。

中国西北边陲比邻俄罗斯、塔吉克斯坦和蒙古的原始村落禾木以淳朴、风情、仙境闻名于世,潮水般的游客涌入后那些原始要素在悄悄地走入历史、走进博物馆,演变成动人的故事和精彩的演艺,禾木的味道在变,但人文与自然赋予禾木的格调不变,这便是禾木不息的魅力。

我是在仲秋时节来的。喀纳斯湖区独有的针阔叶混交的泰加林已染尽了亮黄、橙红和浓绿,翠蓝的禾木河、略微泛黄的草原、蓝天白云下的雪山、炊烟袅袅的木楞屋、悠闲的牛羊群,上帝的调色板在这里渲染出一幅幅绚丽壮阔的风景画,让人激情翻涌。我住进白桦林边的百年老屋,一道浅浅的河沟自林间经屋边拐入草甸,贴水的木桥上有几张休闲的桌椅,栅栏外几匹赤马张望。那栋当年由俄罗斯人建造用作学堂的老屋已成为民俗文化馆,陈述禾木的风情和过往的故事。草甸坡上驻足远眺雪峰和半个村子的景色,草甸高处立着一个高高的秋千,分明是一副等待着浪漫的道具。

管家告知我们傍晚有民族音乐表演,会在八点半前结束,好让大家去看激动人心的禾木日落。演出就在民宿里,马蹄乐队的四位民族歌手在冬不拉、马头琴、苏尔等乐器的伴奏下以空灵的音质和颤音演唱不同民族的歌曲,把草原的淳朴悠扬、宽广辽阔和草原民族奔放的激情演绎得淋漓尽致,扣人魂魄、情飞云霄。演出尾声在激昂的

/ 秋 /

旋律、潇洒的舞姿和洋溢的情感的感召下观众已沉陷浓烈的氛围，无不随之起舞，忘我异乡。

夜里来到禾木桥头，这里汇聚了众多的民族特色餐馆。烧烤煎煮牛羊肉和包馕的浓烈的烟火气弥漫在闪烁的灯火中，诱惑得让人有些无所适从。进入一家厅房院落摆满餐桌的餐馆，已找不到空位，喧闹的曲调中一位穿背心的图瓦小伙穿梭在户外的食客间演唱得大汗淋漓，而食客们则捂着羽绒服热情四溢地饱享大餐。

次日清晨趁天色未亮匆匆出门去迎接经典的禾木晨雾。我并不知道上山的路怎么走，可进入主街便赶上了拿着手电的人潮。随队伍上山到观景平台，那是一个山腰草甸，密密实实已有上千人在那里守候，长枪短炮占据个自角度，等待着精彩时刻到来。天光初起，村里的灯光还灿亮，薄雾便升腾集结成一道狭长的云层挂在村背山腰，山顶像大海远处的小岛，朦胧似幻。天色渐亮，正当大家进入捕捉最佳镜头状态的时候，从山的一侧泛起了一阵浓雾，有人高喊："云过来了，抓住最后的机会!",接着就是一连串的快门声。果然不一会儿,村庄隐匿于云雾之中,游客们也沉入迷蒙的世界。迷雾中有人得意于抓拍到的景色,有人懊悔于动作太慢,撤退的人潮飘荡着邂逅一番景色或一场云雾的激情。真正的浪漫不就是这样的一种向往和追逐吗?

听来过几次禾木的人说,春夏禾木的花海会让人陶醉,冬季的禾木更让人着迷。禾木有最纯净的雪,漫天洁白中木楞屋的尖顶托着厚厚的积雪,翠蓝的禾木河从白色的村庄穿过,山上的雾凇隐隐透绿,晨起有鲜红的太阳,夜里有银色的月亮和比其他地方都多都大的繁星,是童话的世界。禾木的粉雪干燥、蓬松富有弹性,去滑雪场还是在林间旷野玩雪,都可以在肆意地挥洒天性中忘却严寒。木楞屋的保温性极好,室温的感觉比南方的冬天舒适,夜晚可温一壶老酒,大口吃肉,哪怕只是微醺也会有"满船清梦压星河"的快感。

我在禾木只住三天,但已经明白无论哪个季

节来，带着怎样的情怀来，禾木都能成为放飞灵魂，成为梦开始的地方。禾木多维的触点，无论老幼都会在不经意中被激发出深藏的浪漫。

冬

老柘叶黄如嫩树,寒樱枝白是狂花。

——白居易《早冬》

喝　　茶

读了几本茶书,知道喝茶有多重境界。有拿茶解渴消腻的喜茶人,有品茶尚道、知味识趣的知茶人,也有嗜茶以清心养志、出尘忘忧的"茶神"。有以茶为媒邀朋呼友,图众乐乐的"施茶"者,也有精于"得神""得趣""得味"的"雅趣"者。在台湾,常有"茶神"级人士相约溪畔谷地,凌晨各自席地而坐,自个儿煮水冲泡品啜,几个钟点不交头接耳,品毕打道回府。这是喝茶的高境界。

我的日常生活已离不开茶,对照茶人等级只堪称初阶而已,谈不上入道,倒也有些自己的讲究。讲究的不是茶的品质等级,而是对品类的某些偏好及品茶的形式。在家喜喝绿茶和乌龙，执拗于含有更纯的茶的原始本味和天然精华的不发酵或半发酵茶，而且它们的品性偏向和冲泡方式又契合我不同的生活场景，由此饱尝茶叶的深情厚谊，只能专行其道，不偏不倚。

温顺的绿茶是泡给自己的。无论是龙井、毛峰还是瓜片、雀舌，也无论冲泡程序是上投还是下投，不计较水温是80或100摄氏度。一个玻璃壶，冲泡后见茶叶在水中舒展起落，泛出淡淡果绿和袅袅清香，人也随之心旷神怡，然后进入陶然的阅读状态。读书不怕沉，绿茶不怕浸，是绝佳的搭档。书翻数页，茶信意几口，知觉、味觉美意缠绕，回甘可以从喉头直抵脑勺。一壶好茶有如古早的书童，静静地陪伴，两小时下来，卷掩茶毕，常让人勾连起东坡的那个金句："乳瓯十分满，人世真局促。意爽飘欲仙，头轻快如沐。"小茶碗折射出大世界，让人开窍。好茶杯满、心满、意满不难，可人生如白驹过隙，眼界所及行之所至更是短浅狭窄，有茶书相伴，便是消减人世局促的良方。高人雅仕借诸文字娓娓道来人生中纷纷杂杂的局促、跌宕和无奈，然后指点迷津，也如啜一口好茶耐人回味无穷，由此如何不显茶书间的情深意切？

乌龙茶是与朋友共享的。在我看来，乌龙茶的香气馥郁、味道醇厚、甘韵兼备，持久耐泡，品尝之道要高深一些，似乎更需用心。比如最具乌龙茶美感精华的回甘和喉韵，你不凝神静气、细致品啜，让茶水在舌尖喉头绕转几圈真还把握不住，生生地把好茶给浪费了。这香中带的是果香、蜜香、菌香、木香，这甘是否"在舌根左右，津液汩汩翻价上来"（《老残游记》语），这韵是否能有直达喉底的持久的顺滑与细腻？一泡茶的风度、情趣、意味没有视觉、味觉、嗅觉和触觉一齐调动还难觅娇容。好茶能与好友特别是茶友分享，更能进入门道触及茶的深层意趣。一泡工夫茶，从茶具茶器品评，观茶闻香到汤水成色、回甘喉韵，冲泡时长次数，都能引导出许多的直观或经验的评价。这过程不管是茶的确是好，还是出自友情对茶的美感挖掘，一泡茶总能让人喝出更美好的味道。

况且，泡工夫茶本身就是具有仪式感的过程，一壶茶下来语言和行为的互动都不会少，平添了友人相聚的乐趣。有好茶相伴，则山侃海聊忘乎所以。

茶已然成为时尚的饮品。白茶黑茶、绿茶红茶、黄茶青茶各拥者众，我想不管是时尚跟随还是情有独钟，除了茶具有提神助兴的魅力外，还在于茶与中国文化相拥并进了几千年，具有积淀的内在精神、气质、寓意、形象、行为美感，蕴含了一方水土的趣味与习俗。如果把茶视为一种文化，它的主体和灵魂一直都在，形式上却不断地融入时尚，哪怕只是些许元素。它比其他的文化更具传统的色彩和时代的生命力，大概因为它更贴近生活，更契合人生。

饮　　酒

我向来酒量差,酒才开饮面色便灿若桃花,这在职业期间的行业里和朋友圈内出了名,倘有与长者或领导应酬,在满桌子觥筹交错间,总能得到"大家干了,某人随意"的特许。当然这是没本事的表现,他人是不愿领这个奖赏的,我独乐。

经历过的酒事不少,有几次醉过,都是职业上求人办事,是痛苦的记忆。几十年酒桌上的艰苦历练酒量没啥长进,倒也收获了很多快乐,包括看着别人狂欢豪饮的快乐。奇怪的是退休后酒量陡涨,或三杯两盏或一饮数杯,有了些豪爽的样子,让友人们刮目相看。追其根源,不外乎赋闲后的酒,杯中少了些功利和世俗，唯有酒意酒趣的轻松自在。以前喝酒的心态极度被动，现今却常有小酌的激情，哪怕餐间有个好菜，也嗜于来点红酒独饮。

我常独自举杯端详红酒由杯挂产生的流体那缓缓滑落的柔美曲线，这一现象能让品酒师道出酒的品性和质量，但我没到那个境界，只是欣赏这杯中的蒙太奇。看摇动中出现的一圈圈淡淡琥珀红的动态流线群，总会有很多的联想跟着，如因酒缘起的喜怒哀乐的往事和还留在记忆里的酒朋食友。想得最多却无法到头的还是酒的奇特魅力的来源。这世上能让人着迷的吸食品很多，包括香烟，有害是经科学认证的。唯酒这东西，有害有益各执一词，以致一些酒品包装上只能善意地提醒消费者"饮酒过量有害健康"。这跟吃得太饱有害健康一样，谁知道过量的标准在哪里？你刚润口，我已过量，论谁呢？所以酒这饮品就神，高高在上偷着乐，不怕没人追捧。想着想着我举起酒杯再品咂一口，嘴里鱼肉酒菜的滋味更鲜美了，多巴胺涌现了，乐在其中，哪怕只是半杯红酒。

| 冬 |

几年下来，酒缘越聚越深，也读懂了《菜根谭》"花看半开，酒饮微醺"的金句，默默的笠园里的酒瓶墙也见体量，沙漏式成长。晚间，在园里散步，见酒瓶墙黑白交错的圈圈点点在夜色中张扬着抽象的柔和之美，月光投下的婆娑竹影落在酒瓶墙上，如带着立体感的水墨画，走动中红酒瓶的凹底随角度变化折射出漂移的亮点，恰似微醺意境的写照。有些东西非要在大白天看清它的样子，就一定不会有美感，当朦胧了视界，发现点点亮光，就会陶醉于难以言状的美感之中。

酒是生活的佐料，酒精挟带的某些生理伤害是柴火，微醺是平衡，处于收益略高于支出的状态，至美。中国哲学尤擅解决问题，如烹饪艺术中的"盐少许"，是大师拿捏的境界，也是个人的喜好。"幸遇三杯酒好，况逢一朵花新"是心理收益的最佳境界，酒中有诗，朱敦儒这老头真会过日子。

烧　　烤

烧烤当属最原始的烹调游戏。说是游戏，因为它除了满足食欲外，还带有极强的趣味性和仪式感，有如原始人类捕获一大型猎物，夜里族群欢聚燃起篝火，围绕着架在火中炙烤的美味载歌载舞，充满对自我力量的赞美、对火和美食的崇拜。烧烤这一烹调游戏注定要伴随人类持续存在。

人的一生对烧烤乐此不疲。在饥渴的童年挖个土坑或垒几块砖石，捡柴、点火，鼓腮帮吹气，使老劲扇风，面朝带着浓烟的火焰，凝视着火中的地瓜或土豆、花生，运气好可能会是只裹上了泥巴的麻雀，那种期待、幸福和满满的成就感总随着噼噼啪啪的火焰声升腾。这时候会在灰头土脸的自豪中赢得很多朋友。如今,"食不厌精,脍不厌细"的年代,有野炊烧烤的郊游远足仍然会成为让孩子们欢呼雀跃的幸事。街头的大小烧烤摊点,闹市中琳琅满目的烧烤门店总能抢够老少的眼球,勾引吃货们的口水。

我喜欢烧烤的感觉,认定缺了烧烤的田园生活是不被允许的,但复制城里随处可见的烤品也是无趣的,唯捣鼓出能让那些心高气傲的食友们有新鲜感的烤货有点意思。凭着对创意的执着,终究在自家园内的那个还算得上档次的烧烤炉里成功开发出几样上得台面的烤品。

五香粉是闽南的特色调味品。炸五香,豆皮裹着五花肉,加点荸荠葱花,五香粉为主调料,油炸过皮脆肉嫩,香气四溢,是享誉东南亚的闽南特色菜。有谁吃过五香烤鱼吗?问过,没有。那我就试试。五香烤午鱼。午鱼肉质细腻,汤汁鲜美,常清蒸或干煎,只可惜那些鲜美的汤汁或被稀释或被耗干,唯有烧烤能恰到好处。午鱼洗净后匀洒五香粉、蒜粉腌至入味,包上铝箔，入烤十分钟。出炉后撩开铝箔，午鱼的汤汁微微渗出鱼表，轻细的滋滋声佐着浓浓的鲜香直击味蕾。午鱼让老闽南人称之为"第一等好鱼"，在闽南人喜爱的五香和蒜香的裹挟下的细嫩绵滑、入口即化的鲜美表现得超凡脱俗。

咖喱烤鸡。取童子鸡浸泡咖喱酱八小时，以泰国的黄咖喱为佳，辣度适中，咖喱中加了椰浆，辛辣中融进诱人的果香。包上铝箔入烤三十分钟，咖喱特有的色香味映衬着鸡香喷薄而出，手撕嘴啃，满手的咖喱鸡汁，一片身心笼罩在咖喱的云里雾里，陡然增添了这道美食的感官享受，那爽劲实在是餐馆里常有的爆炒出的咖喱鸡丁所不能比拟。

黄油红薯。选久贮红心地瓜，洗净后纵向对切，抹上少许黄油合盖，裹上铝箔，放炉火边侧，四十分钟的慢烤，让淡淡奶香的黄油和松软的地瓜分子交融，香糯柔滑，似糕似粿，中西味儿糅合，能让童年吃烤地瓜的幸福感漂移至今并提升几个等级。这时再奉上自行研磨调制的杏仁露辅之，更让食友们叫绝。

三道菜顺序出炉，香鲜、浓腻、甜素，恰到好处地满足了食客的食欲期待和味蕾神经的焦灼。烧烤过程中食客们又能动手参与很多烤品创造的环节，在游戏中赢得对彼此厨艺的尊重。清风朗月，火助酒兴，烤出个陶陶然来。原始的游戏总更容易满足人们最淳朴的美感需求，满足食客们燃烧着的食欲。烧烤是个讨人喜欢的门道。

冷　水　澡

有道是"沐浴是水与身体的原始声色史"。自古以来沐浴的目的和格调多样，庄重至宗教层面的驱邪悟道，雅致及士儒的灵修静心，浪漫至温池泡泉的鸳鸯戏水，世俗达苦力劳作后的去污排垢，各得其所。不同的沐浴方式，水与身体的互动氛围和程序效果给人不一样的感受，或超凡脱俗、或修心静气，或温情迷蒙，或朴拙畅快，或舒筋活络，或内力迸发，冷水澡不仅有满满的后三种功效，更有魂归自然的心灵自足。

洗冷水澡据说有"血管的体操"的功效，对健康有益，对我而言在园里林间沐浴还能构造些"天体浴"的臆想，让心与自然深情相拥。去年入夏伊始便重燃年轻时曾经有过的洗冷水澡的兴致,中午时分到园里冲凉。仲夏树影婆娑,竹林窸窣,哗哗的凉水浇下,哼着小曲,一身消暑的畅快。转眼深秋、入冬,天气渐寒,往园里走的步子就有些沉重了。虽然少年时有过冬泳的经历,但那时气盛,且在大冷的气候下海水的温度反要略高于气温,剧烈运动起来并不觉得透冻,只需接受上岸后短暂的寒风袭击的挑战而已。这把年纪的感觉就不同了,像是反向的"温水煮青蛙",天气有如不断加冰的冷水,沐浴者如两腿青蛙,只是心里想着这地方白天的极寒天气无非近零摄氏度而已,不至于有青蛙的结局,这给了一些底气。

今晨气温 6 摄氏度,户外的自来水温度大概要高出一两度。午阳高挂,气温升至 15 摄氏度,这时的水温还低于 10 度,是冲凉的最佳时分。几日寒流洗练过,这时往园里走的脚步也变得轻快,如赶赴约会一般。

洗冷水澡渐渐地洗出嗜好。个中滋味万般,最呛口的是深冬阴雨天气时水和气温一起让牙齿打咯的低冷。美味的是深冬放晴的午时，水温够低，而阳光高照，寒水淋浸至刺骨后擦干让肌肤照耀在暖阳下，那感觉像极了"火烧冰淇淋"这道名菜，外热内冰，皮酥心软（暖），入口甜汁涌动，才真叫爽。南方人向往北方冬天的冰雪，但扛不住长时间刺骨的冷，只能沉醉于短暂的温差刺激。吹洗冷水澡的牛大概会让北方人笑话，这与冰窟里冬泳相比丁点都不够味，但我相信他们难以体会南方人对这般温差的陶醉，像在北海道泡过温泉后赤裸躺在池边的雪地上看着高悬的新月一样，可以热血沸腾了好几天时间。

冬日的这门功课是毅力和忠诚度测试。曾经有一个细雨霏霏、寒风习习的中午，气温4摄氏度，宽衣解带之际内心是挣扎的。摆上大义凛然的姿态，自我壮胆的吼叫与飘飘的雨丝和挂水摇曳的草木呼应，五分钟过水快速擦洗后虽然冷得跳脚，但激情无比，洗毕过大有全世界都冷我心自热的感觉，满满的经受住考验的荣誉感。人总是这样，一次的畏怯便会给接下来无数次的畏怯提供理由，而成功挑战过某个极限后，重复类似的过程便不以为难，再冲击新的高度也有了底气。不断用行动给自信加分当是成功者的行为习惯。

笠园着实是洗冷水澡的好地方，专享的准天体浴场，畅快淋漓地在竹边树下沐浴，与身边觅食、飞舞、嬉戏、窜动的禽鸟虫蝶、松鼠蜥蜴"坦诚相见"，一派与自然亲融、对话的放荡于荒野的形态，何况洗去尘垢、浸润过肌体的水直接流入菜园，默默地回归大地，额外有了些生态循环的自得。其乐也融融。

踏步涂鸦

茶室"水晶宫"前的三个踏步是不甚耐滑的花岗岩块石,那天为躲雨步子快了些滑出个踉跄,这一滑给提了个醒,石面应该凿毛,瞬间想这打凿的纹理也可以顺带表达些什么。

即兴的行为往往冲动领先于构想,追求过程的旨趣胜于最终的结果。拿起凿子打下第一个白点之后竟迟疑很久无从下手,凿些什么呢?石板踏步连接茶室与花园,是独处独思或泡茶聊侃远眺天柱山峰的视线落脚点。石板上雕琢的图案像身上的刺青,表达了某些率性的意涵后并不好有悔意,必须与之终生相伴,这也意味着该为自己的冲动承担抹不去的责任。在茶舍的重要视点上刺青,便是为茶舍的景观面加上不离不弃的一部分，得在长远上对自己有个交代。举头怅然间忽觉意象浮现。

第一个踏步应该是写意大海。一个与海亲近了半个多世纪的孩子，海便是故乡，是出发地。海的辽阔和汹涌则像是刚跨过的职业历程。烟波浩荡，浪花飞溅，惊涛拍岸的震撼和潮起潮落的波澜一幕幕犹在眼前。就算是上岸后的回望吧。

第二步应该是万里云天。辽阔悠远的天空是最单纯的色彩世界，阳光造就了天蓝、云白，造就了长虹七彩。放空了的内心有阳光照耀，便有无际的云淡风轻，便有不尽的柳绿花红。这应是当下生活的追寻。

第三步应该是浩瀚星空。寥廓深邃的星空最能引发人对自然的思索和由衷的敬畏，最能让人产生科学与传说交织在一起的神奇畅想，以致在仰望中寻得心灵的宁静，获得自由的理想，找到灵魂的归宿。这是人生永恒的愿望。

钢凿如笔。哐当当随构想凿绘，每个锥点都是寓情的一次闪光，即兴的表达触动了激情以致忘乎所以，一气呵成式地打凿直至两手发麻。终于用笨拙的手以老茧新泡的代价，把自己能凿绘得出来的最简约的意象写在大地。

即兴的直抒胸臆的表现更像是涂鸦，展现在灰白石板上的图案有如低像素的黑白涂作。它靠不上艺术的谱，也不具审美的艺术效果，只是自我图解的人生意涵的影像。就当是自恋式的情感冲动之举吧，在匠人眼里这等作品怕要被认定是极端粗糙甚至幼稚的，但涂鸦的本质就是表白和宣泄。石板上的涂鸦，图像上的每一个白点都是内心对自然的一次崇敬宣示。这或许如同最古老的岩画中原始人类对生存对象的崇拜，于饱餐后的激情中在岩壁上留下的质朴的画面。

老爷子的藏书

百年人生百年书。老爷子百年的那一天，我又去了一趟鼓浪屿旧宅，想再理一理已搬出过几回但依然还摆满几大柜的藏书。老人家走了五年，对他藏书的处置始终是我五味杂陈的难解的心结。

老人家的藏书跟着时代起伏跌宕，数量庞大，涉猎面极广。藏书陈列在几个大书柜内，向来不展示、不借阅，堪称秘藏的家产。柜里的书随便哪一本出列，都可能比我有更复杂的经历和遥远的身世，都会是我的老哥，都会比我有更长的时间和老爷子相伴。对它们我只能毕恭毕敬。然而没有不散的筵席啊，当际，我不得不很严肃地坐在它们面前，与这些哥们做一次功利性的了断。

老爷子的书是有故事的。

爱书是他骨子里的嗜好。下班去书店或旧书摊逛逛是经年累月的习惯，哪怕是在经济拮据的日子，在书店里也显阔绰。20世纪80年代，家里的经济日见宽松，更有些挥霍，几乎每个月都能在购书上花掉相当于我月工资收入一半的钱。他一辈子对书倾注心血，也付出代价。"文革"间搞得他夜夜难眠。我们一家只得关在厨房偷偷烧书，连续几个昼夜。家里有一整个房间被藏书占据，时不时要发动一场清剿书虫的战役，清理、打药，旷日持久。

老爷子的书，看没看并不重要，关键在有。早先的书还有些读过的痕迹，晚年入库的则几乎全新。几十年间，每一本书的入户登记手续都如出一辙。老爷子擅篆刻，一生为别人更为自己置过许多印章，但藏书章却始终只用一枚。新书到手必先包上书皮，正侧两面写上书名（多用毛笔），在扉页上落款（必有该书到手的时间），然后在封面、扉页、正文的第七页和倒数第二页盖上藏书章,仪式感十足。他曾自得地告诉过我在书的固定位置盖章的用意,他年轻时曾经有人借过他的书,把他的藏书章处撕了据为己有,以至于无从对证,此后倘若发生类似情况,他密码式盖章的四个角落全被撕毁,则指控的证据犹足。好一套防贼防盗防君子的手段。但我更相信他的另一个办法会更有效,这就是书不外借!

如今我住山里屋大,也为书准备了些空间,强大的遗传基因使得我昧着不成书奴的诺言,多收纳了许多也许永远也不会去阅读的老书入库,但对老爷子的遗产还是不得不有更多的割舍。书载学问的老化,层出不穷的新知识的传播方式,终将使我放弃更多,这是要让老爷子大动肝火的。而我只能怯怯地回应他,这片林子我会常来,哪怕只在一个角落里走走。

暖　　炉

今冬极地的几股寒流横扫大半个中国，南方也尝尽少有的速冻模式。大早透窗望去，草地撒了层白霜，难得的景色让人一阵惊喜。笠园里的花菜包菜叶上结出了花状的冰凌，连日的严寒把木瓜、芭蕉、无花果冻萎了，叶子像久旱一般枯黄，在瑟瑟的晨风中飘抖。

寒日早起，随手关掉暖气，想起了家里的几个暖炉。

一个是竹编的提篓状笼子，用宽幅不一的竹条编织，上部构型极像奥运的鸟巢，疏密间带着柔顺的律动感。提笼里搁着个装木炭的耐火泥碗，放上几块烧红的木炭可以顶住半天的寒气。经济适用又便于携带，是早年闽南一带

|冬|

城市乡村最普及的过冬用品。家里现存的是仿制品，从土楼村落里淘来，看上去犹觉亲切。

两个铜制手炉就不知是哪个年代传下来的。一大一小，一浑一雅。大的由青铜铸造，表面刻意留下明显的打磨痕迹，如沧桑老人脸上的皱纹，墨绿的锈色中透射出久历世故的肌理气韵。憨圆厚重，戴着耳状宽幅的提手，扁头鼓腹，内容量很大，可以提供持久的能量，看上去一副敦厚老实的模样，却是冬日里靠得住的家伙。它头面较大，亦可用来暖脚，兼备了脚炉的职能，属于双肩挑的角色。小个的暖炉由黄铜铸成，南瓜状炉身，不知用的什么工艺随机鎏上的碎箔金彩，炉盖由黄铜板锻造，镂刻着相扣相牵的十六个钱孔，大概在热气由内而外蒸腾时捂握掌间，能尽享财气，说不定是哪辈子的佳人得到的信物。纤巧雅致，圆润丰满，极其耐看。

还有一个是百年前的舶来品，是烤手暖身、供主客和家人围炉取暖的可移动落地式暖炉，烧煤油的。炉子由精致的描金花饰铸铁和淡蓝色的搪瓷外壳构成，炉门镶嵌一片耐火的透明的云母片，一派古典的奢华身段，当年也该是大宅门里撑门面的摩登陈设。记得孩提时清寒的家里偶尔用过，透过炉体的小窗，看见上下窜动的长长的火舌，热气款款而来，总充满着依着它躲过寒冬的幻想。今日虽已成枯槁的一具躯壳，但仍揣摩得出它当年的霸气。

暖炉从碳到油算是热源的迭代了，如今有风热的、红外的、石墨烯的，等等，先进至功效奇高，精巧至可以随意揣在兜里，日新月异，暖炉也迭代更替，那些老式暖身的用品早已让人忘怀，但作为工艺时代的产品却仍让人惦记。

眼前暖炉的功用价值早已随时光流逝，但它还堪登大雅之堂，放射着工艺美学之光，它蕴藉的观赏价值正随着年岁增长。你盯着它看，似乎还会告诉你一些故事，那些年的寒冬，有客来访，在寒暄中接过主人递过的手炉，温暖中品评着这手炉的身形涵养，其乐融融。

我喜欢用暖炉般的老物件来点缀家居空间，这些已经远离视线却曾经在生活中耳鬓厮磨的带着烟火气息的陈设要比一些豪华阔气的艺术品更让人亲近。艺术品摆件或是冰冷的，物我之间常有隔岸观火般的距离感，总会让生活变得清高和寂寞起来。而那些与生活缠绵在一起年代久远的物件则是有温度的，不仅凝聚着传统手工艺的光辉，留存着技术演进的足迹，还蕴含着丰富的与人和生活密切相关的故事，面对着它们生活会变得更轻松自在，更富有色彩，充满温馨。

柔软的内心

因为园里的杂活忙不过来,况且笠园里的那些家禽菜蔬天天要有人照料,入住山里后便请了个当地的农妇帮工,年近六十,看上去硬朗、利索。说是农妇,家里的农田早被征用,久不务农活了。园里的活工作量不大,她算来"兼职",她还有一份相对稳定的工作是为小学的师生做午餐。一晃五年,那天她让她的妹妹转告我,说年轻时扛重活闪了腰的伤痛复发,无力再兼这份工,自己实在不好意思开口,像腼腆的学生由家长代向老师请假似的。我联想起以前职场上接受过的各种请辞场景,顿时感觉到一种带着乡土气息的人心的柔软。这种柔软可以在五年间点点滴滴的行为中找到很多。

那是她来帮工的几个月后，有天她刚进门便对着我太太笑容可掬地从脖子上掏出一条有些分量的金项链说，咱现在有点钱喜欢的东西就买上了。脸上洋溢的满足像这是天上掉下来的项链一样。有一回因为我们来不及把垃圾送到外门口，她收工时便顺手带走垃圾。这事牧哥（家犬）不干了，它从不允许外人在没主人陪同的情况下带家里的东西出门，于是拦着她厉声吼叫，这让她不知所措。僵持了好一会儿，憋得满脸通红的她从嘴里蹦出了带着浓厚乡土音调的普通话："垃圾啦！"要知道她不识字，也不懂普通话啊，急中生智还憋出水平来了。不知道是牧哥听懂了还是它反复检查后放下心，还就让她出了门。远处的我们正好看到了这精彩的一幕，在忍俊不禁中为他们的可爱感动了许久，他俩把各自的角色都演绝了。

有一回我们从城里回来，见桌上放着两个荸瓜，知道笠园的瓜还不到采摘的时候，是她从她家菜园摘下来送给我们的。一会儿她来电话了，说那瓜不能吃，因为紧邻她家田里的菜地喷农药，顺手也帮她的菜园喷了一遍，是刚知道的。我们也就此作罢了。又过了一会儿她来了说非得亲手把瓜处理掉，否则她不放心。从她家骑电动车来回至少要半个小时，只因一颗放不下的心。

她时常会对着园里的鸡啊菜啊说话，特别是小鸡刚入栏。"晚上不出来哦。""别着凉哦！"像对待小孙子。有天夜里正下着春雨，寒流跟着，她突然拿着一片耐克板来了，说是怕小鸡受冻，到周边工地捡了块废弃的塑料板要为它们挡挡风。还有一天我突然发现鸡舍缝隙绑了些钢筋和铁丝，正奇怪着，她说黄鼠狼软骨头，一点缝隙就会钻进去，顺手捡了些铁丝加固一下。鸡舍从此固若金汤，无风险之虞。

一切的善都源之于柔软的内心。很多善举并不需要有感动社会的力量，只要轻轻地、不经意地撒落在社会的各个角落，这世间必然变得更加美好。杂念多的内心是不柔软的，而种种的小善也犹如柔软剂，会默默地去软化已被太多杂念渗透的心。柔软的内心向善，也向美。

她的请辞我深深地不舍,但面对有柔软内心的人,又如何忍心让她带着伤痛来帮我们做事?只能在怅然中为她祝福。

宅　　家

因疫情宅家四十天今日解禁，出门去看看经历了风风雨雨、惊惊怵怵后稍缓过气来的城市，当然也补充被掏空了的冰柜。倒车时回望缓缓锁闭的家门，愈发觉得门内满满的温馨。

出门戴口罩已成为社会责任，也为一份内心里的安全感。口罩意味着防患，意味着距离，也意味着人与人之间的隔阂，好像就有了那么一点不信任感，好像与谁都得有一层薄薄的东西挡着，实在难受。出了门才知道，四十天不戴口罩的幸福生活，像上天派送的红包，裹装着厚厚的关爱。

守居山里，适应了不再喧嚣的生活，知道闹市不可脱离但可以逃避。疫情的封锁显然超越了守居，也像是对我这样一种生活方式的极限测试，庆幸的是我轻松自在地过了这一关，证明了自己选择这样的方式是诚实的。与自然亲融厮守，与花木虫鸟为伴，在心无旁骛，也无可旁骛的状态下能找到更新的趣味。"人闲桂花落"，我真的听到了比稻壳轻盈的桂花，比小米要小个的米兰落地的声响，那是对听觉神经最轻柔的拨动，带着暗香，带着生命的成长与离去的滋味。我第一次很认真地去观察一盆花，发现绣球花初开时是淡淡的鹅黄，渐加紫或粉边，渐至整枝花簇浓墨重彩。一盆中抽出几个花枝便有淡黄、清粉、浅紫、轻蓝、脂粉、紫蓝多种颜色呈现，在墨绿而壮实宽大叶片的簇拥下更显丰满华贵，真可谓花团锦簇。说这花象征希望、健康、爱和美满是贴切的。赏花听花，孤寂中获得了内心的繁华。"夜静春山空"，我斜躺在草坪上，第一次听见海枣的果实有节奏似的掉落，敲打在叶片上发出清脆的音色丰富的声响，如天籁，那是贪嘴的松鼠秉着月烛馋食枣果时顺便给空山演奏的夜曲。冷清中有物我相知的温暖。城里的友人发来微信:"辟一处净土,远离尘世喧嚣,悠然享受生活。"这个褒奖我欣然接受,这待遇是上天的启应和恩赐。

我庆幸有一个繁荣昌盛的"笠园",夹持着两个硕大的冰柜,天然农作与工业技术相互支撑使囿居一方小天地的家得以持续尝味新鲜、丰饶的菜肴。足够腾挪的户内户外空间和没完没了的好奇心让我不觉得足不出户的局促和乏味,哪怕是在细雨绵绵的那些天。

家门区隔了内外,也守住了自信。由家门划出了一个地理的空间,就意味着拥有了一片蓝天。能在阳光下快乐耕耘,与大自然亲密互动,便是温馨的栖息之所。这看似返璞的自给自足意识,却在特殊的社会背景下显出了归真的现实意义。有一个由家门守住的自在的思想、情趣、心神和汗水的私人空间是最宝贵的家。

诗和远方很好,一花一世界的日子也值得迷念。

香树三君

能为大地倾芬献芳的花树很多,比如绚丽雅致充满热带风情的鸡蛋花,淡淡清香如春风拂面,让人亲切舒坦。比如花色不起眼香气却有些恣肆放纵的含笑,略带糖味的芳香浑厚撩人,浓而不腻,艳而不骚,弥漫得很远且似乎无孔不入,容不得你回避,哪怕你在屋里,它也总是要挤过门缝窗台,跟你撞个满怀。再比如七里香,丛丛白花放射出的芳香有点专横跋扈,尤其在夜里更是来势汹汹,生怕有谁不晓,像佳肴里的麻辣烫。它们都有个特点就是高调显酷。

香树中也有谦谦君子之风的典范,如憨厚的白玉兰、矜持的四季桂和含蓄的米兰,堪称"香树三君"。

白玉兰开着象牙白花朵，花瓣如玉，纤瘦身材，花不算小，但在母体的巨大身躯和繁茂阔大的叶片里，花就显得特别低调了。白玉兰长得快，大手大脚，花盛开的时候浑润的幽香可以弥漫得很远，近处不呛，远处能着，一派憨厚样。白玉兰是闽南老妇的最爱，常用叶子折成口袋，插进一排花朵，摆厅桌床前，渲染雅致的生活空间。玉兰花包还是她们馈赠姐妹的佳品，孩童时代常见发髻上插着玉兰花的阿婆乐呵呵地往亲友手里塞花包，受馈者眉开眼笑，感觉她们都被玉兰花香笼罩了。

四季桂在桂花家族的地位远逊于黄金桂。黄金桂是桂中老大，树冠浓密，花多色艳，爆发式的芳香让人产生醉意。四季桂就低调多了。稀疏的叶子，米黄色小花，花期从十月到次年五月，弥弥漫漫，或浓或淡，像一位矜持的女孩默默地立在那里。人们从她身旁走过，闻到了她的芬芳，会惬意地多看几眼，深深地吸上几口香气，但它质朴的形象和不起眼的花朵却难以留住欣赏的脚步。

米兰是见不着花开的，花期到了，淡淡的黄点撒在枝叶上，细细看只能看到小颗粒的花蕾，确切地讲分不清是花还是蕾，像粘了一树小米一样。贴着它你闻不到香味，离开了倒就有兰花似的淡香，在若有若无之间，像用动人的眼神牵着你，却偏要保持距离的朦胧少女般让人难以释怀。它叶小浓绿，有玉质的光亮，花的香色像兰，但有花无朵。兰花的娇美和婀娜多姿让画家崇拜了多少世纪，而有谁见过哪位大师为米兰花画过像？人们只能借以朴实的小米来状型它的花，让人们明白它还有花在。

三君的谦卑颇让画家们不以为然，它们的同族兄弟就风光得多。玉兰以它的高洁大气成为画家常作的题材。古往今来名家大师的玉兰画作繁多，却鲜见白玉兰入画。桂花的画作不少，都只见得黄金桂的形象。米兰的画作更是难得一见。不过，花树如人，不是非要光彩照人、入画高挂才让人记得住，个性闪耀而谦卑低调的同样让人喜欢。

风 铃 木

风铃木有两种颜色，黄色和紫色。黄花风铃木花色娇艳抢眼，近几年在闽南大量引种，行道、园野成排成片。紫花风铃木引种晚，略显稀贵，正逐渐风潮。姐妹俩本自一家，却各领风骚。如果说黄花风铃木像羞涩的少女，紫花风铃木则像雍容的贵妇。紫花开得早，每个花序的花朵多，花朵大，花期长，粉紫到酱紫，一派从容不迫富丽华贵的容貌。紫花风铃木似乎更善解风情，她阳历年末便展露芳容，以后日渐浓妆，春节至元宵盛开，给节日装点出一片喜庆。直至春分仍有花朵摇曳枝头，几近百日红装。黄花风铃木则有另一派风情。风铃木花开总会引来无数的观赏者驻足。

成片种植的风铃木花很有震撼人心的效果，向来是网红打卡的热点，很是有观光的意义。但我更喜欢风铃木孤树独立。她孤傲的姿容犹如形象特写，不让你眼花缭乱，心猿意马，而给人由平静的凝望渐入赏心悦目的境界。你可以细细地用心打量她阿娜的身姿，感受她灿烂的笑貌，聆听她伴随微风雀鹏轻轻地歌唱，品味到她优雅的气质内涵，才不辜负她一年一度的闪亮登场。

园里有紫花、黄花风铃木各一株，我似乎更偏爱在紫花高调亮相后才低调出场的黄花。

一入三月，黄花风铃木羞羞涩涩地开了，疏疏朗朗的几丛，由几片不愿离去的老叶陪着，隐隐约约，开得那么那么矜持、那么腼腆。

昨日下午雨前的阵风送别了作陪的残叶，枝头娇嫩的花朵闺秀般地上了厅堂，六序十八朵，明黄中闪着些亮黄，丝绒般的质感，夕阳下如着了荧光般的耀眼。天色渐渐变暗，衬托着她的背景在晚风吹拂下逐次褪色，风铃般的花朵却仍散发出莹润的微光，愈发亮眼。灰褐

| 冬 |

色的枝条从夜空隐去，高悬的花朵像圣诞节标配的三三两两系一起的铃铛，随风轻轻地摇曳，似乎听得到与它色彩一般清脆悦耳的叮当声。

今晨，枝头上的丛丛花蕾更显饱满，蓬勃欲放，像是集体婚礼上的新娘静候良辰，等待撩开面纱一展芳容，让人好不期待。该再有一两天时间，满树风铃将春心烂漫般地唱和绽放，会是何等的欢快亮丽，光彩四射，把园子的气氛带向高潮。只可惜芳容易逝，黄花风铃的花期很短，没等高潮的到来几朵为抢头彩而先行登场的风铃花已松弛颓唐地落卧树下，与枝头上丰润的含苞欲放的花朵形成强烈反差，不免让人心生佳人易逝的感叹。然而，我相信那满树风铃当不这么想，跟所有的花期短促的耀眼的花儿一样，她们只想告诉世界，我带着真情来过，在春日的画板里见得着我的风采，给过你触动，把美好写在你的记忆和想象中，在你的心境里与你的情感融合，给你留住一份美意，这就够了。虽来去匆匆，但每一年都会如约而至，是不见不散的情缘。

|冬|

风铃木又称为百变之树,春天亮丽,夏天丰满,秋天焦黄,冬天嶙峋。人的一生不也一样?只是树比人强,它周而复始地演示着这个过程,却生命常在,愈老愈旺。

故乡的陷落

趁疫情刚过，回鼓浪屿小住几天，想在旅游还未复苏的时候，避开熙熙攘攘的人潮，追寻故乡原本的味道。

徜徉在街头巷尾，三三两两的行人蹒跚，衬出小岛昔日的宁静清雅。间或碰上几位已显老态的孩童时的伙伴，在熟悉又陌生的照面中，故乡的味道便翻滚起来，身边隐约熟悉的景物一一唤起联翩的怀想：曾经在巷子拐角的小摊边吃过鱼丸；每次理发后母亲必然带去的那个饼铺；那位挑担卖麻糍的老头略带沙哑却韵律感十足的吆喝；那个老画家悠然的步履和尔雅的体态；这家院子的鹰爪花盛开，引来大姨姑婆掂花分香；那家园里的果子成熟，招惹远近顽童以礼貌或粗野的方式采摘解馋……然而,让我深深触动的并不是因怀旧涌起的感慨,而是故乡的陷落。

说不清这"陷落"是褒义还是贬义,到底是鼓浪屿已深深地浸泡在无处不在的发展和生意中。危楼翻新了,外形仍在,气韵已失,新型建材,光鲜涂料,看上去就那么当代。菽庄花园四十四桥原有已见包浆的花岗岩桥板被盖上水泥,海风吹蚀得苍老朴拙的石栏杆被机械雕琢的石条取代,一汪水潭边立了两个灰白花岗岩的日式灯龛,水里游荡几尾锦鲤,一切都与菽庄原有的格调那么的逆反,都与亲海园林海生鱼蟹的情趣那么的格格不入。日光岩龙头山寨门摩崖石刻下立了个大大的文物标志碑,左侧置了个雕工拙劣的青石龙头,水操台遗址"闽海雄风"石刻下摆了个塑料的卡通将军,两文物标志碑和硕大的照明系统占位了最佳的景观视角。景区亮眼处整齐摆放着红白塑料盆种植的鲜花。路过百年老店"林氏鱼丸",新装修的门店除了那标志牌提示着历史外,一切都那么崭新。著名的鼓浪屿麻糍已简化了内部冰爽香酥的馅料，只薄薄的裹上一层酥麻的花生糖粉。小巷里缺了琴声，路旁也见不着写生作画的少年。岛上多了在其他景区也见得着的小吃、购物门店，少了她原本的优雅。

疫情既过，鼓浪屿很快就要回归往日的繁荣。入选"世遗"的声誉为它赢得了需要限量的客流，赚得了超旺的人气，带来了商业的繁荣，这与国内众多的历史文化景区同步。而这发展会否反噬以致葬送它原本最有价值的文化气质，让人茫然。

看来再也找不到记忆中故乡的味道了，只好偶尔捡拾些未被商业攻陷的片段，告诉自己故乡还在。也许真正的故乡只在心中。

日落印象

鼓浪屿鸡母山和英雄山的日落是一道独特的风景。从海侧往九龙江口望去,夕阳与略偏置的喇叭状岸线勾画出的景观画面特别悠远深长,暮霭沉沉的远山和漾着金光的近水,船舶穿梭的繁忙港区和若隐若现的海湾吊桥,构成自然与人文景观浑融一体的图画。画境里既有豪气的辽阔与壮美,也有多彩精细的物象景致,天风海涛,鸥翻鹭翔,让人动情,也耐品味。在英雄山海侧陡立的山崖上观景,突兀的地势给人凭虚御风的浪漫,这回在鸡母山的民宿住下,观景则多了几分的从容与平和。

这里的独特景致已被网络爆炒起来,太阳还刺眼的时候,就陆续有店外的游客来了。熙熙攘攘，分享着从网上得到的景述和感受。几位网络播客忙上忙下，尽情地铺垫即将出现的夕阳美景。火红的太阳刚进入可取景状态，游客随即蜂拥在最佳景位抢镜，摆出惯有的"创意"姿势显摆风骚，似乎在向远处和蔼缄默的夕阳演示尘世的热闹和喧嚣，倒映出一幅人世间色彩飞扬的风景。还好，因为住店我们有了一处独享的空间。

太阳带着几片云彩西斜到九龙江口上，由橙红渐变殷红，海上一缕粼粼波光缓缓伸展、泛开，色彩丰富了起来。海天在淡蓝中逐渐加进些橘红、橙黄、淡紫、浅灰，远山和码头的吊机、船舶渐见模糊，遂又笼罩在薄薄的暮霭中。眼前的景色让人想起莫奈最著名的那幅画，这一切似乎就是 150 年前法国勒阿弗尔港日出的对景。这景象、光影、色彩、意味，与开印象画派先河的《日出·印象》竟是何等的相似。

橙黄渐灰的天空，一轮红日在海面上投下闪耀的光柱，港湾上朦胧的船舶呈暗紫的影像随浪摇动，几艘黑色的小船在粼粼波光的海上滑行。莫奈在他的作品中，以独创的光影描绘技法，通过不清晰的轮廓，表达出动态感和微妙细

|冬|

腻的光色变化，极具感染力和情感内涵，给人以无限的想象空间。这是画家捕捉到的自然美感，把瞬间变成永恒，与世人从容地分享。面对景观画面，画家独具慧眼的美感联想和天赋技法表达出的景象又形成无数触点，给了我们领会自然的别具一格的视角和想象。正因如此，《日出·印象》让我面对眼前的景象，不至于停留在浅薄的赞叹中，而能沉浸在夕阳西下的港湾景象，随光影变幻，切分定格出无数的印象画面，沉醉于辽阔的梦幻般的色彩世界。

游客拍完美照陆续离开，周边清静了起来，落日余晖中几只白鹭飞过，山崖下涛声依旧，天地悠悠。

日出日落都是令人赏心悦目的风景，不同的只是光影变幻的趋向过程，或晦暗到灿烂或绚丽到昏灰，这固然能给人很多的寄意。每个人都善于从景色的演变中获得属于自己的画面，记录下与心境相仪的美好片段。日出日落原本就是一幅往复连绵的长卷，彤红的太阳总会在那个时刻出现。面对落日，有些人始终能捕捉到不尽的让绚丽的光亮照进内心的镜头，有些人却面对无限的美好感慨万千,在感慨"太阳沉落得太快"中错过了属于自己的丰厚财富。其实谁都知道每天都有壮阔的日出,同样还会有绚丽的夕阳。

故地拾遗

很难想象，作为原住民，竟然对鼓浪屿岛上一个离我家不远的景地如此陌生。孩童时代几乎玩遍了小岛，唯独留下这片空白。

这回上岛择住笔山的一间民宿。早晨，顺着后山小路来到咫尺之间的汇丰公馆。这是一幢建于1873年的别墅，原为英资汇丰银行高管居所。岛上的人都见过这别致的单层洋房，因为它的地势显赫，横卧在一块巨石的断崖之上，茂密的林木衬托着白墙红瓦，在鹭江两岸一眼都能望见。多少年来，我只在无数次的往返厦鼓的渡船上远眺它傲立于崖头，十足气派。该楼曾经破落，一度租与民居，又因地势偏僻，听说过那儿荒芜，就一直没有想去看看的念头。

如今，修缮一新的别墅已成为热门的景点。古树、洋房、红砖花阑、幽曲回廊，历史的故事和山海景观，都成了必来的理由。我们避开人群，叫了两杯咖啡，坐在临海的回廊，翻阅鼓浪屿的历史和照片，尽享早冬的暖阳。透过颇具欧风的回廊栏杆和红砖白石交嵌的立柱，将最具厦门现代形象的鹭江海滨风光尽收眼底，大有抚今追昔的情调。

从汇丰公馆出来，顺山道而下，崖下新描红的庞大的摩崖石刻映入眼帘。该文镌刻于清嘉庆十八年（1813）。崖下早在明朝便建有庙宇，清康熙年间扩建后始称"三和宫"，供奉妈祖。嘉庆八年（1803），福建水师提督陈长庚麾下金门营游击王得禄收兵于鼓浪屿三丘田，见三和宫破败，便许愿若击败蔡牵义的军队定重修此庙。王得禄果然一路顺风顺水，功成后还愿募款重修三和宫，并撰文《重修鼓浪屿三和宫记》，镌刻在宫旁的石崖上。这是目前国内发现的最大的古代记录天妃妈祖的摩崖石刻。1876年，三和宫连带周边的土地被英商怡记洋行收购，庙宇被拆，崖顶建起了今日尚存的洋楼（后转让给汇丰即今日的公馆），摩崖石刻从此大隐于世，直至国家改革开放后发掘古迹才重见天日。世事沧桑，如今回头仰望，两百年前的石刻托举着百多年的洋房似乎都在说些什么。淡远的故事和新近的画面交织一起，演示的历史不就像阳光斜照下公馆的回廊，曲曲折折、光影交错，是一幅深沉而又富丽的图卷。

一面山崖，国人把它当靠山，在崖下建了庙宇，祈求神灵的护佑。洋人把眼光放在崖顶，俯视百舸争流，在商港海域的风光无限处建商行公馆，从中似乎也能悟出些中国近代充满卑屈的历史端倪。

崖周几株见证过这段历史的 300 多岁的老榕有两株仅残存枯槁朽败的枝干，还有几株仍虬杆壮硕，枝繁叶茂，晨风拂动长长的气根像前世遗老的髯须飘动，以超逸的神情示意，风雨烟霞本无定数，适者生存。只有历史的荟萃，才勾画出今日的胜景。

鸡山风景

鼓浪屿的鸡母山因山顶上一块巨大的奇石得名。巨石形似鸡头,咧着尖嘴啼叫,它更像是只看透了世事的老母鸡,歪嘴斜眼,一副漫不经心的神态。

鸡山东望鹭江,南眺太武,西观九龙江落霞,北瞰海沧湾山水,景色极佳,因坐落鼓浪屿西边,离厦鼓码头较远,向来是清雅高远之地。早年能在这里建别墅的主人,自然会有性格和实力的暗合。商贾大亨、文化名流都曾在这里立足。水流风转,物是人非,如今还有点样子的别墅已寥寥无几,仍见光彩的几栋还隐约地传述着今夕的故事。

顺着鸡山路到山顶,先看到的是门前挂着

同英墅的民宿。原宅子的灰色格调和素雅的外形仍在。主人家原是商界大佬卓全成，同英是他的商号。中华人民共和国成立初期，他曾经把遍布全国多地的近80栋房子捐给国家，其中鼓浪屿的别墅就有42栋，仅留下这楼自住。因世事变故，以后的几十年卓家一直是深院闭锁，路人只能透过围墙的花格窥探，内里满是寂寥和神秘。如今成了民宿，老东家的商号成了噱头。改造后的庭院格调犹在，趣味迥异，历尽沧桑的老树盘错虬遒，东倾西斜，像主人家的身世。

往上走到顶，便是早先的牧师楼了。鼓浪屿是基督教最早传入中国的口岸之一，也带入了一系列西方的文明。牧师楼选址于此，西望天际，苍茫辽阔，优雅间更益于超凡神思。楼旁一株三人合抱的150年香樟枝繁叶茂郁郁葱葱。现转身成"琴海庄园"的民宿，很好地利用了景观环境，在白色主基调下依形顺势，开合交错，明快爽朗，造就出颇具希腊爱琴海风格的旅居胜地。

再往西走就是钢琴大师殷成宗祖宅。鹅黄

色粗面花岗岩墙面,饰于闽南红砖屋檐窗框,镶嵌着白色窗格,高雅别致。红白三角梅从墙头奔涌而出,引得众多行人驻足拍照。只可惜除前院外大部分花园还凌乱荒芜。我曾选住紧邻殷宅的民宿,渴望夜里能从楼内飘出些许琴声,然而等来的都只有隐隐的灯光。听说屋里住着的主人年事已高了。

入夜,凭栏坐在琴海庄园的山崖边发呆。偶尔有住店客人过往传来几声絮语,更多的还是仰观白云苍狗,忘我于天风海涛。九龙江浩浩的江水泛着微光默默注入大海,逝者如斯。这里已没有当年的寂寥清雅。远处淡淡的星河映衬着由穿梭的船只、繁忙的码头和城市夜景构成的广袤绚丽的夜空,点点闪闪,若隐若现,若明若暗,世事万象的变与不变在胸中沉浮。这夜让人觉得特别的开窍,也更加宽阔舒坦起来。

闽南古厝

百度里中国的"十大特色民居"中闽南古厝没能上榜,国内发行的 21 枚民居邮票中把闽南古厝标注成台湾民居,这实在让闽南人怅惘,就像把闽南话标注成台湾话一样。

邮票里展示的民居,没有哪一种民居像闽南古厝有那么丰富灵动的轮廓线、那么鲜艳和谐的色彩、那么张扬又美轮美奂的外部装饰。

远看,白色墙裙,鲜红的墙面,朱红的大屋盖托举着柔美曲线构成的两端上扬的屋脊,格外的抢眼。近看,墙底是灰白花岗岩或青石雕琢出虎脚造型和吉祥动植物的勒脚及柱础,石砌裙墙上带火烧斜纹的红砖叠拼出不同的纹理,配之以灰白色石材腰线和窗框,显得亮丽

| 冬 |

而不入俗，耐看而不烦眼。红砖的砌法特别考究，相同或不同规格的红砖和各式同质烧制的花砖拼砌成如梅花、龟背等多种图案，更绝的是把红砖切割成马赛克状，嵌入墙面拼出略隐的对联，让人能从中品出艺术、趣味和技巧。山墙用白色泥塑雕出如意华灯或缱绻流云等不同的吉祥图饰。屋檐有泥塑彩绘或斑斓的剪瓷雕饰山水人物花鸟，有许多故事寓意其中。

古厝最在意的是大门内凹的几个墙面，似乎想把所有的精华都堆砌在这里。石雕、砖雕、木雕、泥塑、琉璃，线雕、浮雕、镂雕、彩绘、书法，极尽艺术的铺张，俨然是民间工艺的汇聚。

古厝屋脊最具魅力，两端如燕尾分权高高翘起，有升腾之势，有翼然的灵动之美。从屋侧看由顶落和下落两个有相对高差的双羽燕尾脊带出的边脊，曲线交错中凸出角脚阁楼的马鞍脊，使得天际线柔美变换而富韵律感。闽南多台风，古厝通常为单层且层高受限，整个建筑却因这巧妙的屋脊而显得意态轻扬且韵味十足。这一独具特色的造型已被当代建筑设计业者当作最具代表性的闽南建筑符号，广泛应用于现代建筑。厦门机场三号航站楼还借此赢得国际建筑设计大奖。

闽南古厝结构上体现了中原农耕文明特有的以宗族为核心的严整、封闭，外观上则充分展现了海洋文明带来的开朗、艳丽、多维、包容的特征。

古厝的张扬之美孕育于风土中的普遍精神，这就是爱拼会赢。传统闽南人"赢"的首要目标就是盖大厝，所以他们得拼，历尽艰险闯荡海外，漂泊南洋。晋江梧林侨批馆展示前辈们在南洋的辛苦，也用实物记录着他们哪怕只是攒了一点小钱，也得匆匆寄回家乡置地盖屋的故事。"赢"成为人格的正向张扬，大厝彰显的是家族的荣耀，是"赢"的象征，这种精神一直传递到现在。与先辈不同的是当今财富的级数膨胀，楼已取代了厝，而大厝也已不足以代表"大咖"们的"赢"，更多的表达已转移至拥有产业的规模，以至于闽南大厝的精神象征或将逐渐成为历史。

闽南人的坚韧、豁达、善喜乐的性格造就

了古厝特有的建筑形象和审美的表达。灵动折射出志向的高远，色彩蕴含着文化的多维，张扬意味着收获的喜乐，这是闽南古厝形式美感和内涵的体现。

渐渐远去的风情

通常人们很难把粗粝、粗犷与民居的美联系起来,但去了晋江蟳埔,这样的审美逻辑就要被颠覆。

蟳埔是坐落在晋江出海口一侧的小渔村,宋元时期是东方第一大港刺桐港的锚泊地。据说商船从刺桐港起航,满载丝绸、瓷器、茶叶等物品,经东南亚到非洲东岸、北岸交易。返航空载船若没有压舱,便经不起风浪,于是,船员们将当地岸边的海蛎壳装进船里压舱,返回后海蛎壳便被抛置在蟳埔一带的海边。蟳埔本产海蛎,闽南叫蚝,个小壳薄,村民见舶来品硕大坚硬,便用来做住房的外墙。闽南古厝的样子,灰白花岗岩墙裙,红砖立柱、窗框,海蛎壳墙身，构成了颜色、肌理、材质对比度超强的特色民居——蚝壳屋。

牡蛎壳不规则的长相，头圆尾扁，壳面凌厉粗糙，几无美感。可当它们叠搭成一个平面时，在特有的黑白光影调和下出现了其他建筑材料所没有的质感效果。

蚝壳屋饱含粗犷美，有海的性格，是海上猎手的写照。让人联想起长年在大风浪里搏击的老渔人那沟壑纵横的面庞和布满开裂老茧的双手；像至今仍在院内撬剥牡蛎，一生从海上到田里辛苦操持的渔女肌肤的褶皱，而那亮丽的窗框和出彩的红砖天窗，则像老渔人的明眸和渔女的花饰，使这样的粗粝充满美感。

蚝壳厝饱含沧桑美，村民道"千年砖万年蛎"，固守墙上的牡蛎壳经历了几百年风雨，很多老厝塌了，蚝壳依然完好。异域蚝壳在新的故乡得到了重用，这背后的故事，是远航、风浪、艰辛、收获和团圆，叠拼在墙上成为家屋的一部分，像一枚枚记载着历史信息的 U 盘，足以让一代代人无尽地念想和感慨。

| 冬 |

蚝壳厝饱含自然美、原始美。牡蛎与其他的贝类生物不同，它的壳生长不具比例和对称性，随机肆意，从不会有完全相像的两枚。砌墙排列后有鱼鳞般却是随机的纹理，细看每个单元又都有独特的形态，颇有意味。且蚝壳中的孔隙又能有很好的隔音隔热功效，着实是自然的造化。

我们穿过一栋废弃的蚝壳厝，院里一位老渔女正在剥蚝，打过招呼后我问："蚝壳厝很好看怎么不修啊？"她淡淡地答道："现在还有谁住蚝壳厝，都倒掉了。"我看了看她身后用规整的条石建成的与城市公寓无异的新屋，无语了。

老渔女的一身打扮与进村后随处可见的当地传统服饰一样，盘头插花，戴丁香耳坠，大裾衫，宽脚裤，蟳埔女也因此与惠安女、湄洲女被称之为福建的"三大渔女"。蟳埔居民系阿拉伯后裔，据说她们"戴簪花圈，插象牙筷"独特的头饰，是中亚遗风。那颇具时间和金钱成本的盘头，不仅是女性出彩的写照，也是财富和身份的象征。我们从集市走过，上年纪的妇女几乎都这般打扮，只是元素的多少不同，但已见不到年轻人着这样的服饰。正张望着，一群盘头插花全套服饰的少女花枝招展喧闹地从巷口走来，我兴奋地准备拍照，才发现是游客的装扮，让人索然。

来到一家服饰店，一身传统打扮的蟳埔女热情地招呼游客装扮一套行头，价格并不便宜。为了说服我们，她让她的助手用手机展示她有过的客户穿戴后的风采，可是这姑娘却全套当今的时尚服饰，未免让我们有些失望。

走出村子，路过渔港，正是休渔期，泊港的现代化渔船成排成列望不到头，渔村在高楼围合下如被吞噬。心想，要原汁原味地领略蟳埔这具有独特美感的风情，还得赶早。

冬上军营

军营是一个村庄的名字。

疫情管控刚刚放开,压抑已久的向远方狂奔的心念随即被汹涌的第一波感染潮打了回来。岁末时节自驾去厦门海拔最高的军营村小住几日,算是给自己的一点犒慰。村子坐落在海拔千米的山上,在滨海的厦门是离星空最近的地方了。这儿本是避暑的去处,深冬时节来算是逆袭。巧的是这几天气温骤降,说是十年来的最低值,夜里滴水成冰,有了亚热带圈里的北方味道。

寒流并没有带走阳光,在嗖嗖的山风里快步行走在荒寂的山道上,偶尔找个避风的窝角晒晒太阳获取些冬日的温暖,然后继续前行。

好一处能畅快呼吸，无须留意迎面行者戴了口罩没有的自由天地。夜里村民们早早闭户，村子沉睡在黝黑的山坳中，月亮躲哪儿去了？满天星斗冻僵似的挂在深空，不亮的路灯在寒风中微微的颤动。我们捂实了衣帽，环绕溪边的村路，一圈圈的行走，听山里呼啸的风声和溪水的叮咚，像是村庄的主人，主宰了夜晚的整个村落。不知道是受寒冷驱动还是兴致驱动，我们越走越快，直到大汗淋漓。这孤爽的意境大概只在当下的天时地利中才有。

军营村史上称军营堡，地处厦、漳、泉交界，明清时期屯过兵，郑成功也曾驻军于此，现已找不到相关遗迹，讨教过几个中年的村民，对村名由来也不甚了解。村子周边的景观一般，却有个古寨遗址让我好奇。去古寨的步道淹没于荒草丛林，我壮胆深入许多，还是因为过于荒芜而退却。与军营比邻的白交祠村也有个古寨，虽没有通往遗址的路，但在百丈崖景点的路边立了个不起眼的文物保护碑，查了下资料，知道大约是十五世纪村上的先民修建的一个寨子。顺着踩踏出来的小路攀爬上去，寨子建在一座独立的山头上，俯瞰厦漳泉三地通道，地势险要。残存的寨门连接着一两尺宽的通道，显然有一夫当关，万夫莫开之势，让人想起欧洲众多矗立山头上、威风凛凛的古堡。古寨有内寨和外寨两层，皆由石块垒砌，寨墙约一米厚，仅存不高的墙基。站在寨中的一块巨石上，猜想当年在如此荒蛮之地动员如此巨大的力量建设寨子的原因，是为抵御盗匪兵勇的骚扰，还是另有其功？虽不得而知，却给访客留足了想象空间，这寨子的造型、布局和当时生活的景象也就有了许多拼凑出的美好。从遗址下来，脚踩着成片的冰凌窸窸窣窣，苍山夕照，余晖落在断墙上，孤独的古寨泛出些许凄美。这本是村落的图腾，却少有人问津，实在是对它的亏欠。

我在异国他乡走过很多地方，也曾见过许多昭示族群衍脉的纪念性标志，或是残存的老屋，或几段坍塌的墙垣，游人看过并不觉得深厚，可主人家都像宝贝般的收拾得井井有条，打理得干干净净，这何止是对先祖的敬仰，更是文化文明的表征。历史的家底才具有不可替代的魅力。

远眺两个村庄一派崭新的农屋，红瓦白墙、罗马柱、玻璃幕墙，过去的贫穷已经远离。可是一旦山村失去了山村的味道，一旦村落失去了历史的痕迹，便也走向平庸，让人叹息。

茶路源点

当溪，一条浅浅的运河从村间流过，沿溪的东西两街有长长的风雨廊相随，木构灰瓦，临溪面随廊而建的美人靠让街廊显得柔和幽雅，街廊内侧是古朴的商铺、庙宇和宗祠，行人访客蹒跚，一派古镇风韵。站在跨溪桥上，高高的马头墙和大户人家牌楼的华丽斗拱划出抑扬顿挫的天际线，使这个由溪流和街廊构成的富有色彩动感的流线极具韵律。描绘出这样的画面，你可能会想到是江南水乡。

提到万里浩荡茶路的起点，人货同行跋山涉水的漫漫征途，大漠上源源不断的驼队，一路风沙雨雪，直达中俄贸易的恰克图边城；在一次往返要近三年的艰难商贸行程中造就出一

|冬|

个靠茶叶的交易累积起巨大财富的传奇家族。你可能会联想起中国西北的茶马古道。

很多人不曾想到,这样的场景都出自华南的一个山区小镇——武夷山下梅。常说下梅村落始于隋,里坊兴于宋,街市隆于清。宋时村里走出过婉约词派的巨匠柳永,出过宋徽宗赐号"少徽先生"的乡贤江贽,也留下过朱子的足迹与墨痕。武夷岩茶在宋朝已成为贡茶,并让范仲淹留下了"溪边奇茗冠天下,武夷仙人从古栽"这样的美句。南宋诗人杨万里也曾略带风趣地写下《过下梅》:"不特山盘水亦回,溪山信美暇徘徊。行人自趁斜阳急,关得归鸦更苦催。"诗人因赶路无暇流连于下梅的山光水色,迁怒于归鸦的聒噪。可见下梅在宋代已颇具名声。下梅真正的兴盛还在清朝,是一个随茶路兴衰的小镇。

解读下梅的历史离不开与之融合生长的茶路,茶路的兴衰离不开邹氏家族。一户从江西逃荒蛰居下梅的外姓人家,几代人的筚路蓝缕,硬是靠着勤劳、坚忍和智慧,从烧炭起步,到种茶、卖茶，收购贩运，最终北向与晋商合作开辟万里茶道至俄罗斯；南向与英商合作，由溪入海经广州到西南欧洲，开创并垄断闽西北一带的茶叶对外贸易。今日西欧尚红茶、东欧喜砖茶的习尚都与邹氏几代人的茶叶生产和贸易举动相关。

下梅的崛起与邹氏家族的崛起走在一条道上。为了茶叶运输的便利，邹氏家族出资开挖了横贯下梅的运河单溪，分段修筑靠筏装卸的埠头，运河两岸改造成街路。县志载："每日行筏三百艘，转运不绝。"可见当年单溪的繁忙与街市的兴隆。茶市的兴旺带来百业的兴旺，各种行业帮会因此兴起。在单溪与梅溪的汇流口有一座跨越单溪的拱桥叫祖师桥，桥上一座两层的楼台，飞檐如翼，飘逸而不失庄重，是独具特色的廊桥建筑。祖师桥既是各行业帮会祭奉祖师爷的圣坛，又是乡井村民观赏社戏等文化娱乐的舞台，兴盛时期几乎月月都有好戏看。邹氏在下梅建设了七十多栋豪宅，据说至今存留的还有三十几栋。村里观赏价值极高的府邸很多，大夫第、邹氏家祠、镇国庙等无不展示出石木砖三雕工艺的精湛和当年下梅的文化底蕴。别具一格的是邹氏女眷活动休闲的宅园西水别业里有一个由整块花岗岩雕成的"婆婆门"，精美花饰簇拥着柔美曲线的门洞，是用来评价候选媳妇身材的标尺，既要丰乳肥臀又要身材高挑，我想象着如此身材配上三寸金莲的变形小脚，构成的人体美，当会是滑稽里带着凄美。

参访中导游引用了国学大师翟鸿燊的名句："万丈红尘三杯酒，千秋大业一壶茶。"这用来总结下梅的古今是恰当不过了。我们受邀到邹氏的祖宅，听邹家的第二十九代长孙媳妇讲述祖上的荣耀和当今的家业，品尝邹氏家茶，也聊及村上几乎家家户户还在承续的茶业，聊及曾经璀璨豪华的祖宅和今日的颓败，近千年的历史不过就一壶茶的工夫。

玉 沙 桥

从国家非物质文化遗产传承人马非的雕版作坊出来，天下起了小雨。我们匆匆赶往花溪，急切地想看看那座历经沧桑的廊桥。

这闻名遐迩的古桥，坐落于四堡马屋村口，建于康熙二十三年（1684），因花溪水清澈，溪底砂石在阳光照射下晶莹如玉得名玉沙桥。廊桥不长，约30米，宽约5米，廊分九中楹，首尾中部皆建有小阁，两侧数株茂密浓绿的古香樟虬曲参天，气韵十足。

玉沙桥的建筑艺术之美别具一格。一墩两孔，廊桥屋面因阁错落，横卧中可见飞动之美，平衡中灵气乍现。桥下层叠的承重木梁敞露，桥上廊屋风雨挡板全程掩蔽，厚实内敛，一露一掩，疏密相间，见上一面便会对廊桥的个性气质留下深刻的印象。桥顶错落的轮廓与依稀起伏的远山呼应，溪水中卧虹倒影与古树婆娑照映，一派清幽淡雅，古朴而超然的景致。

古桥曾是连城通往周边州县的干道，乾隆嘉庆年间作为中国四大雕版印刷基地的四堡镇，有无数的典籍图书通过这桥行销各地，可以想见当年人头攒动，车担穿行的繁忙景象。民国初，廊桥被焚毁后重修。第二次国内革命战争时期红十二军驻于马屋，军长谭震林在桥上雨棚亲笔书写的布告标语，被收藏于北京军事博物馆。以后又经历几次重修，如今的廊桥依然风尘仆仆、老成持重。如今玉沙桥早已不再是出入四堡的主要通道，我们在桥上桥下逗留良久，始终不见有人过桥，只有淅淅沥沥的雨声和哗哗的溪水相随。

静默中，雕版技艺传承人马飞的形象又浮现眼前。这位身着蓝灰色唐装，一脸诚恳厚实的中年人对位于闽西崇山峻岭间的四堡小镇曾经有过的123家书坊、刻印行销1200多种书籍的辉煌历史满是自豪，作为当今仅存的雕版艺人，正在苦心追寻如何将独门技艺传承光大，

|冬|

交谈间脸上常露些茫然。这古老的技艺犹如雨中花溪，廊桥依旧、溪水东流，烟雨迷蒙中酝酿着新的身份和现实的价值。

玉沙桥侧悬三匾，桥头匾书"朗朗上行"，桥尾匾书"活活回映"，桥中有"玉沙桥"主匾，舒朗大气的笔墨似乎叙述着四堡古镇曾经有过的繁荣和正在苦苦探求力图留住古老文化技艺传承的孤寂现在。

往事如花溪水缓缓地流逝，时光的沉积使溪水泛起泥沙而混沌起来，玉沙不再。我们在略微的怅惘中告别了这细雨中的廊桥。

城市吃相

民以食为天,一个城市的美食街往往是雅俗共赏之地,琳琅满目的摊点门店,令人垂涎的小吃佳肴,涌动的人潮和仪态万方的吃相,无不弥漫着稠浓的城市烟火气,传神地表现市井的品位生活,也成就了旅游热点。

重庆的八一好吃街的称呼似乎有它定位上的用意,比小吃街要高大上,比美食街要近习俗,店家一方有上好的菜品,食客一方有品尝的欲望和喜好,两个"好"字自当是结缘讨喜的福地了。好吃街一眼望不到头,纵横交错,街内有市,店里套街,平视是一片店招灯海,仰视一二十层高处仍有美食霓虹闪烁,看得出来这里足以填平饕餮之徒大快朵颐的欲壑。

我本只想尝尝新，在这无所顾忌的天地里满足一点肆意的味道。于是先排了长队，买了份出名的鬼包子在路旁用竹签叉着就吃。刚生煎出锅的还烫手，嘴皮子难免受些刺激，一口咬下，皮软糯带脆，馅丰满有汁，鲜香油滑直透胸腹。而此时我却为街上的一幕幕意趣十足的场景吸引。身边几位身着笔挺西装的外客，似乎刚从哪个写字楼出来，领带还揣在兜里便在街边啃起烤串，长长的竹签抵近眼镜，竟置油渍会否溅脏那身名牌西服于不顾。前边几位俏丽的少女舞动修饰精美的纤纤细指抓起刚出锅的酥肉往小嘴里送，看得出烫得脸歪喉直，却咯咯直笑。街对过的板凳上横骑着爷孙俩，满脸慈爱的老人正拿着麻辣兔腿往小孩嘴里送，孩儿稚嫩的脸上沾满红油，辣出一脸愁红、泪涕横流，小手还是紧拉着爷爷的袖口，生怕那兔腿溜了，老人接连地说："好吃哦，好吃！"活像传承麻辣文化的师徒。还有一对情侣，小伙子端着一碗炸酱面，两人各拿一双筷子，头碰着头拉扯着缠成一团的面吃，如面一般的缠绵。街上展露的吃相是没有片尾的生活剧,那不是温厚亲睦的家宴,不是礼数格致的正餐,不是猜拳斗酒的乡聚,而是透露着人性的本意恣肆,是放飞自我的解馋,看着都会有一种难得的敞怀。

街上的店招同样是一道独特的风景。不说哪般的五光十色,夺人眼球,店名里就满是学问。什么"金榜蹄名""竹色烟雨""霸王茶妪",什么"烤脑花""肚包肉""蚝掌门",让人猜得个大概却又特想探个明白,含而不露,最能唤起欲望,颇有文学色彩和哲学意味。有些店大概怕你不重视,干脆来个盖帽的,像"烤肉博物馆""传统主义火锅"吓不吓人不重要,能记住就行,也见得着老板的心志。在一幅幅饮食的风情画中,还可以饱览厨师的行为艺术,店是舞台,锅碗瓢盆和各种食材便是道具,一番飞舞,甜品的绵柔与艳美、麻辣的热烈与豪爽、小面的溜长与劲道、酥脆的耀眼与浓香便魅力四射而来。"技近乎道",形象表情、动作流程、声响呼应,与环境之融合,与氛围之匹配,精彩绝伦,常让人忘了是来这里讨吃的。在一家烤串店里,我看到蚕蛹、蜂蛹、蜈蚣、蚂蚱、知了、蜘蛛、面包虫和蛇等我们平日里想不到的烤味儿,烟气中升腾起的是大山里飘进现代都市的最原始、最乡土的气息。

一条街便是一个城市的吃相和腔调,具有身份识别象征。它展示的不仅是饮食文化品味,还有城市品位;不仅是特色佳肴,还是视觉盛宴。一个极具观赏性和情绪感染力的生活舞台,也就成为城市旅游必去的景点。

黄桷垭

重庆的南山有这样一条路,据说是战国时期秦国的蜀郡太守李冰修筑的蜀地通往中原、贵州、云南的"五尺道",也就是被后人称之为"川黔丝绸之路"中的"黄葛古道"。比较确切的说法是黄葛古道始于唐,兴于宋元,盛于明清。不管哪个说法地道,延续了一两千年的一条道路,承载着厚重的历史,必然有许多精彩的故事。坐落于道上的黄桷垭古街就是今日能寻觅到的历史故事的集成地,自然有它独特的魅力。

打车到黄桷垭,司机在人车穿流的大街边停下说往前走几步右拐就是。走近看一条并不张扬的老街,街口导视牌写着"千年黄桷垭,一道通古今"便明白了看似不起眼的老街的分量。

贵州商会馆就立在街头，这栋在光绪年间由著名外交家黎庶昌牵头建立的会馆见证了由古道串起的黔渝商贸的繁荣和洋务运动、现代企业在川渝的兴起。街对面的大夏驿站讲述了元末明玉珍定都重庆建立"大夏国"，在黔渝古道上设立了第一个官府驿站的历史。沿街顺坡而上，可见在19世纪初被英国《泰晤士报》评为首富第四名的"三代一品"红顶商人王炽创立的"天顺祥"商铺。一路上有"爱国如家"的药房老板的谢家大院，有反清复明将领张京的营寨，有民国时期名流云集、夜夜笙歌的孔家二小姐的"孔香苑"等历史建筑，每一处都值得驻足。老街的深处坐落着三大名人的故居。重庆大学的发起创办人李奎安是民国时期政界、商界、文化界名人，故居为三层木结构，屋内繁复精美适配的木雕，映衬着主人的学识和品位。被誉为"世界平民教育运动之父"的平民教育家晏阳初故居朴实无华，显然与其"现代具有革命性贡献的伟人"之名是匹配的。三毛故居并不临街，在胡同里的山坳口上，可以远眺渝中半岛的风景。三毛在这栋两层的木屋出生后一直到五岁才离开。不知道黄桷垭的繁荣和文化积淀、黄桷垭的郊野天地和山道丛林是否深刻地影响过三毛,但成名后回访老屋的三毛深深地感怀黄桷垭的童年。故居门厅中雕像三毛手指间夹着香烟跷脚坐在竹椅上,居家歇息的模样,眼里透着沉静、自傲、不屑和对远方的向往。

老街往前走便是掩隐在绿树浓荫中的黄葛古道,这条曾经是渝黔、渝桂、渝滇商贾的必经之路,如今已改造成健身步道。马帮、背夫的雕塑栩栩如生地传递过往的繁荣与艰辛。

六百多米的黄桷垭老街和曲曲弯弯的黄葛古道,如一条历史的长河随脚步轻轻地流淌,流出了一街的沉烟、一街的厚重、一街的记忆。

一个现代都市还能留住一条承载着千年历史的小街,便也有了它独特的气质,便也见得着城市的灵魂,除了蓬勃激扬,还有内敛和清雅。是走一走古道,看看那已让苔藓层叠覆盖的山阶和供马匹饮水的石槽,想想这山城商道曾经持续千年的川流涌动的财富,以及艰难跋涉的挑夫和马帮；是顺着小街看看那一栋栋精美的巴渝风格老宅，并想起它们曾经的东家以及在这些不算宏伟的宅屋里曾构想并实现了的宏伟事业；是走进贵州或云南商会馆了解他们有过的辉煌，以及这些巨贾们创造的经济贡献和社会影响；是夹带一本三毛的游记，来到她的故居，在边上的咖啡馆点上一杯拿铁，坐在户外的树荫下，随三毛浪迹天涯；还是找个崖边的茶馆，与几个朋友聊聊古道上曾经发生的历史故事，抑或只身一人面对着青山和远处隐隐可见的摩天大楼的塔尖发呆，黄桷垭都会以它的清雅和大度把你留下。

兰卡威之趣

马来西亚的兰卡威是个清纯的度假地,椰影白沙,碧波绿岛,泛泛的看与其他热带海岛景地也说不上有过人之处,但往深处一走则别有风趣。

乘着观光船进红树林景区,吉林自然公园是河口与海交界的一片海湾,大岛聚合着小岛,游船在水道中穿行,分不清哪里是河哪里是海。船沿林边缓行,两岸绿树葱茏,碧蓝的水面只有船只划过才泛起一阵波浪,像置身于森林中平静的河流。当你沉浸于岸边景观,好奇地寻找水边和树上的动物的时候,导游会提醒你转向另侧,告诉你外边就是大海。果然,像山谷间的一道豁口,分出一水岔道,直至远处的万顷碧波和几点白帆，直至天水相连。兴奋乍起，船继续前行，忽地又回到原来的河道上。目光跟随导游的指点，可以看到上岸的螃蟹、戏水的顽猴、垂挂的长蛇和慵懒的鬣蜥，奇异的水上生态和植物群落。船行至一片开阔的水面，便有人惊呼起来：成群的灰鹰或盘旋或俯冲或划水凌空，围绕先到的观光船上下翻飞。这就是压轴大戏——喂食灰鹰了。

兰卡威在马来语中是鹰和石头两个字的组合，状景了这个岛屿的特色。这下总算能目睹它的精彩。我们的船也到了这片水域，船老大拿出装满鱼的大桶，用小盆舀出几条甩到水里即刻引来一大群争食的灰鹰，动作快的直接扑向水面，谨慎点的先徘徊几圈，瞄准了目标便是一个优美的猛扎陡起，几乎是在瞬间就叼着鱼独享去了。猛禽的敏锐迅捷、姿态的潇洒彪悍，甚至连它带寒光的眼睛和倒钩的利爪、飞转中羽毛的收张飘舞都那么直接、那么亲近，像是自己放飞的猎鹰。我们的船离开这片水域，它们便也消失在天际，有如完成了彼此的约会，又紧接着各自的行程。

珍南海滩几里延绵的沙滩和各种水上游乐项目是开放共享的。沿岸坐落着众多酒店,西区有豪华五星,东区有许多大众酒店和粗陋的民宿,都没有围墙,只是在区域上大致作别。有趣的是西区酒店里设施完备、环境优雅洁净的泳池偶尔才见到有一两个住店旅客悠游,更多的店客乐于直接下海搏浪击水。而东区酒店民宿并不宽敞且略微发浑的泳池却像下人肉水饺,拥挤推攘,池里身着纱裙裹着头巾的伊斯兰少女和比基尼金发女郎各自嬉戏,好似天地异趣的水上乐园,相近的海面上则少见人影。酒吧、餐馆聚集在东区,夜晚沙滩火把杂耍伴随着震耳的爵士乐吸引了众多逍遥客,繁华而喧嚣。西区旷寂的沙滩上则可见玻璃罐里晃晃悠悠的烛火围成一圈,圈内是玫瑰纱幔支起的方帐,烛光映照出影影绰绰、窃窃私语享用晚餐的食客。

在一个自由的休闲度假空间里,没有隔离标识和篱藩,没有维序的保安冷面相向,却秩序井然,商家各有引导客流的招数,游客按需定位自得其乐。不明白是文化的力量还是约定俗成,只感觉安然墨守的规则中透析出一种放逐身心的悠然和包容异趣的释然。就像红树林里的生态,像灰鹰和人们一样,在一片天空下心存彼此,各有天地,这世间还有什么比友善与和睦更具生趣?

春

等闲识得东风面,万紫千红总是春。

——朱熹《春日》

立　　春

今日立春。

在南方，春天的消息并不靠绿意传递，不托繁花表达，因为四季常绿、冬夏缤纷，每个时节虽不如北方分明犀利和动人心魂，但也都有它经典的画面和调性，节气的行走宛然如一曲旋律跌宕起伏的欢快的山歌。一个月前的清晨园里结了一片白霜，树梢挂着小冰柱，菜叶上横竖长了冰凌，就算是十足的寒冬曲调，让有幸亲近的人激动不已，便成为朋友圈热播的题材。眼前，春的信使款款而来，红珊瑚树着上嫩紫夹带些鹅黄、浅粉和墨绿的盛装登场，炮仗花炸开了花苞喧嚣闹腾地把橘黄涂得满篱满墙，含笑带甜味的花香强势占据了桂花弥漫一冬的空间。林中叫叫嚷嚷的红嘴蓝鹊进入了恋爱期,对熟透的木瓜情有独钟,原本食谱广泛、妩媚却又凶猛的大鸟,相携在木瓜树上啄食打闹、翻舞炫酷,展演一场爱情大戏,过个把月它们就该坐窝抚育孩子了。一段时间不太露面的松鼠,嗅到了美丽的异木棉果实成熟的气息,拖家带口、追逐跳跃饱享美餐。园里的一切都在传递着周而复始的生命律动,春天来了。

从小就熟读的"春雨惊春清谷天,……"二十四节气的歌谣在城里渐行渐远,现代生活让人对节气给人类捎带的大自然的消息变得漠然,患得于感知粗放的春夏秋冬,患失于日夜奔走的周一到周末。来山里住下,猛然领会了节气的含义,感受到节气的亲切和慰贴。节气是师从自然的导引手册,节气诗样告诉我们四时该做些什么、能得到什么。

节气是生态历。"清明有雨春苗壮,小满有雨麦头齐。"因节气而出现的无数的农事谚语总结出春种夏长、秋收冬藏的农作规律,对人类似乎能呼风唤雨的今天仍充满生命的意味。万

| 春 |

物依归自然气象运动，逆天折寿。难怪"回归"成了运动，"纯天然"成了附加价值的标签。

节气是养生历。中医认为二十四节气都有对应的调治关系。黄帝内经强调天人相应，顺应节气。春养肝防困，养阳补气，激发生命动力。"秋日补霜降，好过一年补趟趟"，小时候家里一年有几次进补的机会，一定会有一次是在霜降，前辈们相信切合时令的滋补对人体的气血提升最有功效，这时节进补能以一当十。及至丰饶的今天，记得住节气的人家还会在霜降、立冬节气来点壮补食材，哪怕只是"信则有"的心理作用。

节气是慢生活的日历。竞争日益激烈的快生活，把时间单位越划越小，像要在时间的长河中榨干自己。"清明前种花闲，清明后栽花佬（不易养护）。""小暑怕东风，大暑怕红霞。大暑暑没透，大热在秋后。"当你把自己的生命历程与节气联系在一起，时光的节点泛化了，你会变得从容大度；当精神、肌体和宇宙、自然相连接，顺应天理的豁然之气便迎面而来。

/ 自在时节 /

节气是光阴传递给人的规矩。"春分秋分,昼夜对分。""清明谷雨,冷死母虎。"(倒春寒)"四月芒种雨,五月无焦土。六月火烧埔。"(芒种日下雨,五月多雨,六月久旱。)这一来自农耕文明的智慧把寒来暑往在时间轴上标注得动态可感,把草木枯荣从空间上描绘得形象可视,文明的递进又让节气把民俗风情、人文情思包容起来,对关注它的人们的生活起居、出门远行都会有额外的关照。

立春为岁首,"船到不等客,季节不饶人",人到耳顺之年自当静静地倾听节气的声音,跟着节拍,妥妥地行进在这往复却不重复的美妙的二十四幅图画中,去寻觅那古老而又常新的生活意境。

山里的月光

今夜，80年来的第八大满月将现身，让媒体有了些兴奋。据说今晚的圆月要比通常的圆月大14%，亮度要增加30%。难得的天象奇观，给力的气候条件，位于最佳观赏区域榜单，为这里的我叠加出一个幸运的夜晚。暮色初降，早早地斜躺在园里的木椅上，与草木虫鸟一起，静静地等待。

山巅氤氲的亮光渐渐化开，天际线露出金边，内心的激动和明月一并涌起。超级大满月从山背跳出，如约而至，猛然间灿烂的月光肆意地洒向大地，让人感觉有些劲道，而盖在我身上的光亮却如丝绸般的轻柔，贴身且有些暖意。受这熟悉而又陌生的景象冲击和媒体持续追捧的感染，浮现在群山之上的"超级"圆月便有了因稀缺而珍视、因柔媚而倾心的诗性加持，情深入怀。

月依于幽柔的夜谷，格外的温润亲近，好像上了这山头，就可以造访俊俏的月神。橘黄的侧光一打，带剪影的山石草木都变得丰满和浪漫起来，月光将眼前熟悉的物像浸泡得绵柔而虚幻，显得有些陌生。几点星光闪烁，几点萤火飘荡，像月光洒落时凝结的金晶碎银，一片夜色的幻影。

笠园里的公鸡突然作了声长啼，不知是把月光误判为晨曦，还是想赞美这月光，叫得特别清脆和乐感，穿透了金色的夜空。

今夜的月似乎知道有很多人带着惊喜的面容在张望，还有很多来不及放下手中活的人也希望能见她一面，走得特别的慢。这位定期造访的朋友今天靠我们最近，送出最柔艳的光辉来装点大地，静静地走来，也将静静地离开，即便彼此都有些不舍。今天的月已不是古人眼中的月，人类实地探访月宫已有几十年，嫦娥、

| 春 |

吴刚和他们的神话故事都已成为过去，但月神仍是人类的一位多情的朋友。我相信还会有很多人有事没事会想跟她说说话。

忽然有淡淡的口琴声飘来，是深情的老歌《城里的月光》，轻扬，悠远。曾经是那么熟悉的曲子。"城里的月光把梦照亮"，有过，是激情追求的梦，属年轻世代。今天山里的月光照亮的是旷远平和的内心，属现在的自己。如果那让人痴狂醉想的歌声属于城里，那么清纯空灵的口琴曲子该属于山间。

山里的月与城里的月不同，夜空纯彻静穆才见得月的爽朗，衬托着水墨淡彩般的旷谷和层叠交错的远山近水，如从天空下笔绘就的浑然一体的画，人才能与月有如画同框的感觉。几缕云絮飘过，一切都沉浸在浪漫里。于是山里的月也有了"咱们"的亲近，有了"对影成三人"的意想。而城里，在万家灯火、霓虹闪耀、车光如河的拥簇下举头望月则只会有"寒宫"和"热土"间的"你我"。我庆幸这个时候在山里。

超级大月亮已经西移，个头好似有点变小，

却还是那么灿亮。明儿见面就不再有今天的模样了。"千江有水千江月",不论圆缺天上总有她远远地望着,默默地与你的情怀应答。月光透射心境,心境映衬月色,每个人都有自己的心月,或掩隐或敞亮着。月,永远会这么风雅随和地成为心底的伴侣。今天的她与我们贴得更近,带来更好的礼物,让我们有更多的感动。

来自问候的喜悦

收到问候自然是欢喜的事。

些许遗憾的是,因当今信息传递便捷,手指轻点,载着问候情意的图片或文字就能瞬间送达友人,群发更是有了投入少产出多的功效,这就让一些问候贬值了许多,收到的多了也逐渐降低了问候在心里的分量,找不到之前收到明信片时动情和珍视的感觉。日复一日地格式化下载群发的早安图片,让人明白你还在他的朋友圈内,却不敢肯定他还想着你。我还天天收到朋友好心发送的占卜日历,弄得我都不敢点开,心想我今天正打算深挖菜地,但日历上却明示"不宜动土";我今天已安排外出它却告诉我"不宜远行",该当如何?索性不阅更好,落得自在。这样的指点迷津式的问候就有点让人不是滋味。

在林林总总的问候里也常常有一些能让人记在心上的,要比传统纸质问候的情感含量更加丰厚、更为动人。

我喜欢收到朋友从生活中捕捉的美好画面。不论是名山大川,还是花鸟虫鱼,一天一张,是自己的行程、自己的发现,也透视自己的心境。不需要有文字的添加,情意全在里头。此类镜头显然与朋友圈常见的潇洒展示的九宫格式照片不同,他不想大声地告诉你我到了某地,是如何的美丽动人,而只是轻轻地把自己捕捉到的美好转化成一点心意传递给你。淡淡的如水面映着的景象从眼前流过,将你我的心也一起照映了。

分享生活的情趣的问候也让人感动。热爱生活的人常喜欢利用阳台窗台种点花卉和蔬果。这些盆盆罐罐里的植物显然能见到他付出的心力和倾注的情感。当你收到十几朵盛开的昙花的照片时,感受到的何止是昙花的美丽圣洁，更是为拍下这美好片刻在深夜守候的过程，是在小小阳台上长期悉心伺候的用心和情趣。这很容易产生内心的共鸣，而共鸣中便知你我。

生活感受的只言片语也十分的精彩。比如春分时节收到一张葱绿的户外春景图片，又来一句："最是一年春好处，莫负春光莫负卿。"再比如发来湖畔晨照并附言："每一个不起舞的日子，都是对生命的辜负。"云云。说给自己也说给朋友，彼此的关照都有了。

生活中收到一则幽默能有一次会心的微笑，收到一曲动人的音乐会荡出情感的微澜，这样的问候都是精彩的，能给一天添加好多甜美。

常道字如其人，问候亦如其人。网络问候的表达方式与人的性格趣向有高度的一致性。以致见到了问候，友人的容貌会一起浮现出来，如古人在信的开端往往会有的"见信如面"。只是古人因山重水隔，见信同样很难，如王羲之《初月帖》，给友人去个二十来字的问候，却在问候前用了近三十个字解释久复的原因。"虽远为慰",古人的情谊更多靠思念慰藉,而今天随时可发个问候表达,这也是当今的幸福。我们常可以在暖心的问候中喜悦地生活。

手作的写意

平时喜爱动手做些手工活,退休后整备个工作室,钳工、木工、电工工具一应俱全,传统、电动兼备,所出作品戏称为"写意的手作"。写意,不求工细形似,只求勾勒景物神态,表达情趣。常道某人写意的神态、写意的动作、语言,也用来描述某些器具表达出的意味甚于其形态本身。这合乎我在工作室里的所作所为。

早年购得的一桩盆景,树形一般,盆却有品位。商陶色方形粗瓷,古黄色堆釉,四面用写意手法描绘了梅兰竹菊。移居山里,树桩落地,盆一直置于茶舍,不经意间总喜欢多看几眼。茶舍中原有的草编弃物篓显得有些纤秀,正琢磨着折腾个创意产品替代。前些天网购的木柜到货，见包装箱木条可用，又见屈居于一隅的瓷盆，意从心起。于是，一阵锯刨钉铆、打磨上漆，做成很写意的弃物桶。虚实混搭、瓷木一体，粗狂达意，恰到好处地融入茶舍，也算是宗原创作品了。

尽管时下社会服务便捷、商品丰富，线上线下可以直截了当地找到自己需要的东西，但动手制作仍然有不可替代的乐趣和价值。手作之乐在于：非独创，不手作。市场买来的物品专业、能用、好用，但不一定心宜。个性之美是商品的普遍之美所不可替代的。当今社会完备的供给能力使得私下里没必要耗费过多的时间和物料手作，而可以轻易买到物品。制作的过程虽可以享受手作的乐趣，最终还是会在质优价廉的商品面前感到沮丧。只有创意无价，人们永远不会低估自己创意作品的价值。

重置资源价值，利用天然或既有的物料，尽可能保留原材料的形态，展现某种纯粹的物质表情，有物尽其用的满足和彰显自然美的意趣。比如用保留着锯痕的有粗犷木纹的木地板

| 春 |

做书架；用园里的老树制作一套枝干舒张、蚀痕毕露、妙趣横生的茶桌椅；锯一小段枯木立于古铜花瓶中悬吊挂件，像赋予它们新的生命，常能荡漾起些微的自豪。

把喜好做出来，表达自我。有匠心而无匠艺并不打紧，粗糙的作品有孩童用泥巴捏出自己想要的东西的感觉，这样的表达更有实现自我价值的意义。写意的手作显然是生活的馈赠，自我心力，自我陶醉。宋时陈造《自适》诗曰："酒可销闲时得醉，诗凭写意不求工。"释义于当下便是喜时、悲时、愁时喝酒固然地道，无聊时喝出闲适自得的醉意，却是独有的陶陶然。诗不求工，在轻松自在的心态下吟出自我，何必"语不惊人死不休"，也不必如苦吟诗人般为一妙字而耗尽心力，这才叫闲适式抒情。写意的手作意亦如此。

自个儿手作的写意营造的便是轻松随意、贴近自然的情趣。

尴尬的邮趣

手头上两摞邮集,为两代人所有。

父亲一生钟爱集邮,从年轻到终老。直到临终的那一年,只要让他见到贴着邮票的信封,即便他已分辨不清是哪类邮票、有没有收藏价值,也还会颤颤巍巍地剪下来,存入他装满邮票的纸盒里。父亲的集邮之路有过波澜。他起步早,年轻时的职业和圈子便于收集邮票,所以他一直以拥有颇为齐全的清代和民国的邮票而自豪。"文革"间,生性谨慎怕事的他把邮集和同年代的书籍字画一起烧了,他当时那惶恐和痛楚的表情至今还深烙在我脑海。解放区发行的和中华人民共和国成立后的邮票是大大方方地留了下来,虽然后期竭力想恢复失去的东西，但真有价值的邮品再也回不来。

我的孩童时代，集邮是时髦事，从小学开始我就在此道上自立门户。眼睛到处盯着获取邮票的机会，谁收到信件，谁有余票交换，常为一票死缠硬泡。为补缺成套中的一张邮票，可能要跑多少邮品门店，或咬牙割肉付出好多心爱的邮票与票友换得。当时穷，省下一个月的零钱买张中意的邮票，需要有很大的勇气，但偶尔还会下大血本而为之。邮集里搁着的是满满的年少时的欢喜。工作以后，见识渐长也略为宽裕，集邮转入航空专题，不想和职业居然凑到一块，真是缘分。职业助力集邮，集邮也拓宽了我的专业眼界，情投意合。邮品深度和广度的渐进一直是我集邮的动力。

后来，这动力悄然歇息，似乎邮票与我的世界渐行渐远。倒不是我见异思迁，而是社会集邮热的"退烧"。时代变了，与集邮一起走远的是被梁实秋称之为"最温柔的艺术"的书信，和余光中描绘的"现代通信所见的邮差、邮筒、邮票、邮戳之类，也都有情有韵，动人心目"

| 春 |

的场景。现代邮票正在快速变质。

邮票自有它的艺术价值和知识含量，但相比于其他表现方式，方寸之间，局限难免。在我看来，除古董级珍稀邮票外，邮票的真正价值还在于"邮"，特别是实寄封，没有它牵带的故事，就少了"票"的趣味和意涵的价值，没有情的黏附，剩下的就只是物性的表现。邮票的庄重在于它是情感和信息的使者，它曾经承载多少寄托、多少思念、多少承诺、多少期待，有多少邮品黏附着动人的历史情怀。

邮票还是人生中充满仪式感的活动的载体。想象着当年写完一封信，装入信封，贴上邮票，投进绿色邮筒，估算着送达收信人时间，想象着收信人拆封和阅读的表情和心绪，不说还有回复的下集，就是一折生动的经历，还有谁对这一载体不心怀敬意？而今信息传递瞬间可达，邮寄的文书只是立此存照而已，作为资费凭证的邮票，原有的内涵价值已不复存在。当街上轻易地可以买到全年的新票，"集"的期待感和成就感也荡然无存。

失去了邮趣这一灵魂,集邮这曾经拥有众多粉丝的文化活动,恐怕会成为少数人专享的"菜",像玩古董一样。

面对这两摞邮集,现在的我只能怀着庄重而不舍之心束之高阁,等待它们复活的机缘再现。

人鸟情怀

秋末初冬,进入了我的割草季,那小精灵又来了。我推着割草机作业,它绕着我翻飞跳跃,靠得很近,我想亲近它时,它又躲着,若即若离。鸲姬鹟,一身明快的色彩,喉部和胸口的橙黄由浓渐淡,白色的腹部在腿部处化为浅灰,收羽时黑色的翅膀有一片白羽,由此拉出的几条白线,特显娇贵,嘴巴由黑而灰,额头上的一抹花白衬托出乌黑闪亮的眼睛。小精灵飞行快速敏捷,时而枝头,时而猛扎草坪叼起虫子,瞧瞧你,表示下友好,像讲究分寸的朋友。它的陪伴,让我的劳动变得有趣、变得轻松。

为了认识在园里定居或时常光临的精灵们,

我买过几本书，按图索骥，略知一二。但做客园里的鸟还有很多至今叫不出名字来。不能与它们深度结交并不打紧，我更在乎它们的存在本身，它们像邻家能歌善舞的女孩，让人赏心悦目。

我特别在意的鸟，首推华贵可人的馋嘴的红嘴蓝鹊，对它们来说园里最有诱惑力的就是熟透了的木瓜。正好木瓜高产，常招惹得它们成群结队围着木瓜树喧闹飞舞，像一群不守规矩的孩子闹哄哄地聚餐，这往往成了最具观赏性的大戏。再有就是黑领椋鸟，体型几近家鸽，不太怕人，喜欢大大咧咧地在草地上觅食，黑白相间像水墨斑节虾的色调，眼睛周边一片椭圆形黄色肉斑显得有些滑稽。它们来往总爱结对子，一唱一和，曲调悠扬婉转，是歌手的角色。

山斑鸠是大户人家，喜欢家族活动，似乎也讲究生活规律，园子里有八只合群，清晨在前园觅食，黄昏在后园戏耍。听斑鸠叫常常会联想起"小斑鸠，咕咕咕"的儿歌，有浓浓的童趣在。

/ 春 /

"小不点"暗绿绣眼鸟,首尾不过孩童的拳头大,灰绿带黄的羽毛,一个白色的眼圈,喜在竹林里穿梭,在竹子上筑巢,玲珑机警,特别可爱。

还有俗称"白头翁"的白头鹎,一身橄榄绿,头上一丛白羽。成双入对,便也在民间造就了白头偕老的寓意。今年有一对小夫妻在离窗户不到一米的茶花树上建了个爱巢,坐窝时要赶上我用餐,总会斜眼望着我,一脸得意的样子。

园里大伞般的小叶榄仁是八哥的风水宝地,一年搭个新窝。如今五六个窝紧挨着,一条街似的,像有在此地造城的企图。每至秋天,都会有蓝色的蛋壳落下,在草坪上如绽开的蓝星花。

园里的鸟族迁徙移民者众,观光旅游的来客亦多,常给生活带来新喜。

鸟类在骨子里对人戒备,人类能表达的最大善意就是不予惊扰。园子已然是它们的乐园,或觅食戏耍,或打情骂俏,或肆意欢叫,或生儿育女,它们不把你放眼里之日,正是你分享它们的快乐之时。我不备长焦相机,留不住它们的倩影，也从未有与它们同框的念头，它们已成为我生活的一部分色彩。

世间的生灵万物相互依存，本该相互尊重。人类为生活之乐驯化其他物种为自己所用，鸟儿也不例外。家禽家鸽、苍鹰鱼鹰、八哥鹦鹉，它们已够不幸。比它们要悲催的是当今的大型观赏类禽鸟，景区景点甚至是学校、小区弄个湖面常要养上几只天鹅野鸭，装点怡然，供人们拍照。为了留住它们，采取一系列让它们失去飞翔能力的手段，这着实是残害行为，如此做作的生态文明还不如说是人类文明的退化。人们观赏它们的时候，忘却了悲悯之心，愉悦也变得扭曲。假如有一天是靠人的友善、用自然环境的和谐，给它们以良好的生存和繁衍空间，换取这些能自由翱翔的生命与人类亲近，那才称得上是社会的文明。

有时候我会面对着自由的麻雀，想起那些正在供人拍照的黑天鹅。

百年匾缘

　　山居的日子少不了喝茶，而山里的茶舍当然不宜在六面围合的室内，否则与城里何异？户外泡茶难免夏暑冬寒、蚊虫骚扰，装修设计时曾有过活动的玻璃隔墙加空调的茶舍建造方案，权衡再三，还是选择了开敞的格局，计以部分体感的不适为代价换取品茶间的草木亲融和视听雅韵。

　　严格地说这泡茶之地称不上舍，两侧外墙间支了玻璃屋面，由旱溪和兰花虚隔，形成相对独立又与园子融合的开放空间，茶桌、凉椅，混搭做派，与当今城里许多家庭茶室里豪横的茶桌、气派风雅的装饰大相径庭，但这里又是最具山居气息的泡茶场所，待客茶叙有十足的天地情怀。

秋冬春夏,茶香书趣,山侃海聊,亲近着山风树影鸟语花香,草坪上乌鸫信步,木瓜树红嘴篮鹊争食,枝稍间松鼠嬉戏打闹,夜里的蛙鸣萤舞,时不时能成为茶趣佐料,尽显山居意味。启用后欢喜的内心一直若有所缺,想着给茶舍附庸点风雅,冠个恰如其分的名号,却未得其所。

前日到古石店捡漏,看到一块斗青石匾,规格大小似与茶舍预留的落匾空间契合,匾上题刻"水晶宫",该是某个小道观的遗物,颇有古早淡泊的味道。仔细揣摩了一下,乾隆庚戌年题,已有230年的历史。梧月立,这题匾者名号不就取之于清代名仕溥山那著名的楹联吗?"竹雨松风琴韵,茶烟梧月书声",梧月与溥山的关系已无从考证,但禅意韵味相通,立匾者应该也算得上有修炼的道人。至于当年那宫建于何处,起于何缘,修炼何功又为何随风而去,是这石匾的前世造化,它不该就此泯灭,应该转世重生,就算是续缘吧。兴之所至把石匾买了回来。巧的是往预留空间一放，严丝合缝恰到好处。缘当珍惜！

就借此匾冠名茶舍吧，虽然小小的陋室冠之于"宫"有些离谱，更不可牵强附会，与19世纪中叶由英国著名园艺师帕克斯顿设计的伦敦国际博览会的"水晶宫"有任何联想，但续缘此匾尚且可以自圆其说。茶舍与山水相接，直望苍穹，水晶取义通透无瑕、盈润清新，是心境的追求，宫便是天地自然，是身心的归宿，也算是茶意茶趣的境界。山居茶室之名号并不需要昭告于众，可免误解之虞，些许自知的寄意也就够了。

当今时髦玩穿越，两百多年前的石匾移置至今日的山间茶舍也算是时空、功能的趣味横生，甚至带着些诙谐的穿越。茶舍半壁，在有无之间，自在逍遥，又想起溥山的诗句："秋夜凉风夏时雨，石上清泉竹里茶"，情缘意趣都有，更何况在山聊海侃间又多了个逍遥的话题。

淘得老碑

去西递途中的山道边，突兀兀地立了栋翻建的老宅，门廊外率性地甩了些老旧石雕。当我们在似乎荒废了的宅边找寻人迹时，主人家出来招呼了我们。意外发现，这是一家力已不济的私人古石雕藏馆。可能是难得来捧场的客人，主人开了展厅的灯热情地引领我们参观他陈列了两层楼的不菲的藏品。

皖南的古村落众多，得以保护的毕竟只在少数，史上富贵人家的宅邸破败，当年精雕细琢的建筑物件自然随断墙残垣散落一地。早先有些眼光的藏家花点小钱便可大有斩获，积蓄大量有增值潜力的实物资产，这家应该也是。在他琳琅满目的藏品中，有些系列小件，最多的是石雕秤砣，奇形百态有上千个，主人夸口说，天底下要有谁收藏的秤砣款式和数量比他多，他的这些藏品都可以白送。当然还有很多精美的石雕神兽、柱梁、牌坊、匾额，从汉魏到明清，说得上是一个展品丰富的古石雕博物馆。我虽不在行，但从物件的材质皮壳、造型风格、雕工技法，约莫估得出多是老物件，历史和艺术价值颇高。浏览间，主人看出我的兴致，流露出因无力维持，个别展品可以转让的意象。说是其中有些藏品在政府管理部门备了案不能转让，那些没进入登记名册的可用有偿捐赠的形式过手。真是尴尬，不经意进入了一条艺术兴趣与财务实力断层的胡同。经不起诱惑，掂量了自己的荷包，最终盯上了一块隐约可见"圣旨"二字的石碑。

这石碑说是唐代的，也无从考证。但已深度风化的花岗岩的粗砾面层显蕴着岁月和沧桑，"圣旨"两字混沌中尤显苍劲，透射出来自皇家的威严，似龙非龙的浅雕花边，比明清时期深雕透镂龙盘鹤舞的圣旨碑匾更显历史的厚重和怀远古意。老物件本以买卖双方的兴趣度和心

/ 春 /

理博弈定价，最终我不得不认了卖家咬定的一口价，只讨要到一块残缺的布满长长青苔的柱础，就像护送圣旨的髯髯老兵，带着他满腹的日月星辰的故事，千里迢迢地移立另一处山舍。

不知道这碑当年诏谕什么，但可以肯定每个圣旨碑都有跟某位皇帝牵连得上的故事，岁月的远久与内容的空缺更有弥漫的想象空间，或者嘉许，或者褒奖，抑或昭告天下大事，总之是曾经热闹过的。哪怕今天存留的只是比无字碑还空荡的缺憾和感慨。

一切的帝王早已灰飞烟灭，过往的圣旨都已飘散天际。而这穿过时空隧道的石碑，似乎还可以让我们笑谈人生。我把这碑立在茶舍，作为警示自己生活的"圣旨"。新颁圣旨的内容得靠日后的心态和行为书写，是褒扬还是贬责得看日常的表现。圣旨开篇的"奉天承运"是核心要义，地道的警语，直译是顺奉天意、承服运道，意译是随意而安，知足常乐，心态端正。这块石碑给的诏谕正是今日应尊奉的生活哲学。

花树心性

相对于草花我更喜欢树花。草花娇贵可人，俯身观赏时内心里难免有几分疼爱和怜惜。面对树花，不说成林成片，哪怕只是高高的一棵站在那里，也让我仰视，它的体量和气度会跟它的美丽一样让人心生景仰。

园里的花树家族，风姿绰约、心性迥异，四时能造就不同的风景。

黄花风铃木是用颜色发声的，像音乐里用旋律描绘颜色。傍晚天光还未散去之际，那略带金属质感的亮黄能拨动你的乐感神经，让你听到清脆悦耳的声响。黄花、紫花风铃木的颜色都好看，好些地方成片或成街种植，形成让人兴奋的色块。可那样的风铃木，个体的精致和优雅被汹涌的色浪裹挟，消减在哄闹的赏花人群中。我看得出独立于园中的风铃木的骄傲。

大花紫薇生性淡定。秋天不落叶，熬过冬季的风霜，仍挂着一树阔大的玫红叶片在春天里显摆。直至晚春初夏叶子才全然抖落，露出十天半月的身骨，再晃晃悠悠地长出褚红色新芽，像一个存心让全班同学聚焦目光的迟到的顽童。盛夏花开，一长串花朵大大咧咧挂上枝头，着色比紫薇清雅，此落彼开能有三四个月的花期，特别深情。

鸡蛋花树像是慵懒的贵族。时值仲秋就掉叶打歇，立着圆润的淡金色的身骨，沐浴秋冬春漫长的暖阳。赖到谷雨，太阳见辣，才吐出新叶，同时长出花蕾。入夏阔大的叶子很快成荫，衬托簇簇清香迷蒙色调高雅的花朵。五个花瓣喇叭样螺旋外放，黄花内黄外白，像煮熟的鸡蛋；红花内黄外红，像专为黄花配对的新娘。东南亚国家乐于用鸡蛋花串成花环献给宾客以表达敬意，这也意味鸡蛋花的高贵，难怪可以这么自得。

| 春 |

台湾栾树生性敦厚。立春刚过，憋了一冬的生命精气就猛然爆发。像怕亏待了春光细雨，夏阳暑风，没日没夜的生长。一张二回羽状复叶可以长出半米，撑出的几十个小叶片也要比其他复叶树种大几号。新枝丫春夏间能长高两米，率性地表达内在生命的冲动。她吐绿早开花迟，不慌不忙到了仲秋才成苞绽放。黄花红果，果亦如花，一股成熟男人的魅力。

蓝花楹生性娇贵，细小的羽状轻绿复叶带有丝绸质感。当清晨的阳光斜照过来，温润、细腻、柔滑，让人产生强烈的亲近感。几只翠鸟在朦胧的树冠戏耍，整个世界都显得格外的柔软。蓝花楹花色雅艳，是花树里闪亮的明星。

火焰木的生长基因极好，树冠开阔，花朵大且抱团组合，花色猩红，盛开时节如火焰燃烧，泼泼辣辣。

红榉漫不经心，开起花来浑身散发色彩，连胳肢窝都没闲着。花瓣细长如小号的鹰爪菊，盛开的时候满树迷迷蒙蒙，像紫红的云霞。

异木棉最有个性，一身带刺像倒立的狼牙

棒，让人近身都不免有几分畏惧。可当满树粉紫花开的时候，又娇美无比，人见人爱，有如哪位巨人献上的带刺的玫瑰。

园里的花树家族多源于异域，有非洲的红、南美的粉、拉丁的黄、巴西的蓝、南亚的紫，当然也少不了本土的色彩，如花树的"地球村"，一个缤纷的社区，让人四季仰视而心生爱意。

无论花树的心性如何，花本是树木生存繁衍的手段，红蓝紫黄，夏绽冬放，有花的美丽，就能得到追捧。有如孔孟的"仁德"，恻隐、羞恶、是非之心本是人固有的心性，一旦发端成"仁"，绽开的仁义之花都在高处，能得到敬仰。

园里的蘑菇

我偶然受教得知,如意的造型和意涵源于灵芝。那天在老石雕店里遇见一朵很值得玩味的由细晶花岗岩雕成的如意,短短的柄,放置于草坪,像地上长出的硕大蘑菇。端详着有些不解,玩家破题说,如意正是对灵芝美感意象的表达。灵芝是蘑菇体系的一个独特分支,生长慢、寿命长。灵芝菌盖上的纹理向来被赋予为祥瑞的意涵。成熟的灵芝会木质、角质化,色泽富贵沉稳油亮,便于摆放把玩,加上民间认定服用灵芝能延年益寿,灵芝就一直是吉祥如意的象征。自古以来,以金银宝玉制成灵芝般的如意一直是皇家贵族、达官显赫手中的玩物。高堂之上精致珍贵的如意很多,坊间老石雕的如意并不多见，粗大中能见自然意趣。玩家娓娓道来的一番话语，让我觉得颇有寓意，于是付账请入园中。

园子里自此多了个大蘑菇。正面看心形的菌盖上有三层吉祥纹样，像长年生长堆叠而成，侧面看略带弧状的菌盖后伸出一段下弯的短柄，巧妙地撑起整朵灵芝，如植根于草坪。这朵有年份的灵芝不知原生于何处，更不知道已有多少年岁，稳稳当当的，像原本就是园子的主人。这灵芝生长在形如侧卧油梨的大花岗岩石旁，有四季红山茶相伴，高高的小叶榄仁如一把大伞遮护着，一副原生态的样子。几场雨下来，灵芝面上的苔痕浮起，使这石化了的灵芝显得鲜活和温润，如蘑菇世界的国王。

晚春初夏时节，蘑菇社区悄悄出现在园里的各个角落，形形色色的蘑菇从竹边、草丛、石缝、朽木中露脸，势头之猛让人猝不及防，给视觉带来不小的震撼。草坪中的丛丛白菇，修长的美腿顶个馍馍状的菌盖，盖顶中间浅咖色，盖底随菌盖的膨胀呈开裂状显出绒面质感，

| 春 |

· 241 ·

随机的咖色斑点由密而淡,像素雅的花裙。腐叶中冒出红色的柱状蘑菇,通体鲜红得让人联想起丹顶鹤头上的红冠,等不上我留下它的倩影,阳光一现便伏地不起,一副纤弱丽人的样子。竹丛边的老木上长出扇状灵芝,挺括厚实,似乎还幼小,颜色略显脂白,祥云样的纹理已传递出淡淡的美意。菜园田头冒出几朵白蘑,圆滚滚胖乎乎肉墩墩,散发出直捣味蕾的鲜美。我不敢下手采摘,我明白处于食物链顶端的人类并不见得可以横扫一切,那些蘑菇中的丽人有时会狠狠地反噬过于贪嘴的食客。蘑菇出现在这里,只是大自然的一群信使,告知我季节的信息、生态的含义,有蘑菇生长的地方离纯净的自然环境更近。

蘑菇早已是园里春夏季不可或缺的成员,它们形态别致可人,生性却来去匆匆,除灵芝外,一朵蘑菇的完美形象很难维持过半天,像逗你玩的小孩,打个照面便逃之夭夭。这下可好,这群可爱的小生命让我借缘获得一朵永不颓败的石化灵芝,如形象大使般的为它们立身代言,让我常惦记着它们。因为有了这些带着自然信息的美丽使者,园里的生态才谈得上完美,山里的生活也更加如意。

奥妙的生命

生命本有诞生和终结的自然周期，生死有命。可当生命过程出现异常，且状况来得突然、意外，便难免让人惊叹并心生思考。最近园子里出现的一悲一喜的生命现象——两棵大树的生死变故，着实让人感到生命的奇妙。

先说死去的香樟。那是园子里二十几棵香樟中排行老二的壮实的大个头，有近三层楼高，胸径超 30 厘米。枝繁叶茂，威风凛凛，帅气地立在园里显赫的位置，是鸟雀栖息、松鼠嬉戏之所。十来天前，老叶忽见枯萎，又过两天枝芽开始垂软，突显病态，请来专家会诊，刨开根部发现有白蚁入侵，立即采取灌药、输液等急救手段。可是在六月的骄阳下已回天无力，

| 春 |

刚毅的枝干带着满树的焦叶，向生命做最后的告别。前后不过半个月，就向大地发了份"因突发疾病而终"的讣告。这算天灾还是树祸？病情该是隐藏很久，可一点儿都看不出病态，像一个从不体检的壮汉突然病危离去，让人难以接受。生命系统是不是有个命门，只要触动它便会断崖式地改变生命的状态？

再说死里回生的鸡冠刺桐。那是邻家整顿园子时淘汰的一段根部被齐刷刷切除的老树干，根茎近40厘米，长约5米，砍伐后放在庭院里花岗岩铺砌的地上，等着让人拉走。我见到时已在院里晒了几天。我看其枝干老态，树皮斑驳且已长了些青苔，想借来添点野趣，便找人移置于园里高大的桃花芯木树下，果然很有老树林里朽木横卧的味道。有天我突然发现从枝杈窝里长出了新芽，苗壮翠绿，先以为是寄生植物，细细一看实打实是从看似枯槁的树干里长出的，再想想可能是雨天带来的回光返照，是短暂的生命现象，也不在意。可是以后几天，一连长出五六个芽来，长的都有半米，接着便抽出长串花蕾，亮出了它个性鲜明的、如骄傲的公鸡那彤红顶冠的花朵。奇迹啊，即使是"无心插柳"，枝条也得埋进土里，这老干并没有直接接触泥土，只平躺在树下的枯枝败叶上，是凭着对生的渴望，把老树杆攒足的精气转化为了强大的生命力量，或者说它就是为生的理想而复活。

生命这东西充满神奇，对生命密码和生命开关的探索不知耗尽多少科学天才的智慧和心力，可永远会有一些现象难以解释，总会有新的情况让人意外。生命的存在就是美，只是生命无常。

把严谨的生命演进逻辑和对生命哲学的思考交给翰林高手吧，咱凡夫俗子，生命的时长任由天命，不必为此操持。要用心的是多做些对得起生命的事，珍惜当下，让每一天都活得更有意义。

爬行动物的丽者

在园里见过的爬行动物有蜥蜴和蛇。它们一向令人生厌。

园里蜥蜴多，大概有两三种（不包括壁虎），个头大的连头带尾有近30厘米，小的有十来厘米。褐色或青褐色，胆小机敏，常在枯枝败叶堆中觅食，人靠近就跑。虽于人无害，但鬼鬼祟祟的样子总让人觉得有点不怀好意，那形象也给不了好感。直到有一天，我看到在澳杉上懒洋洋地晒着太阳的那只蜥蜴。

变色树蜥，体长近巴掌大，拉搭着一条不太协调的约有三倍身长的细细的尾巴，粗壮的脚上分出五支细长的爪子，牢牢地抓附在扎人的澳杉针叶上，那也是它攀爬的利器。特大的

/ 春 /

头部长着阔嘴，高高的眼眶骨下是闪亮的黑眼珠。除颈部两侧的白斑外浑身是浅棕色的鳞甲。头部有由眼部放射出的虎样的黑色斑纹，身上有豹样的斑点。一个可以鼓胀的带点滑稽的下巴，遇到危险的时候会突然膨胀，阻吓敌人。背部有一列像鸡冠一样的脊突，因此民间也叫它鸡冠蛇。它丑得可爱，丑得精致，丑得耐看，丑得让人不舍。它从容沉着地摆着姿势任我拍照，两只眼睛不时一眨，像是对我的蔑视。刚拍完照，它突然起身一跳从两米多高的树上落到草坪，转眼间不见踪影。嗨，我还等它变色呢。据说，它能随不同的季节、不同的环境、不同的情绪（如求偶）改变颜色，整个背部都可以变红。一位善于因时因势而变，危急时刻能断尾图存的求生高手跑了，我却留下了再次见它的深深期待。

园里偶尔能看到蛇，是暗绿色黑斑纹草蛇，不具毒性也就不在意。那天草坪上突然出现一条色彩斑斓的蛇，急情中受"美丽有毒"的意识支使，一竿子下去，正中要害。事后查了下资料，是红脖颈槽蛇。黛紫色的头部下有一个梯形的黑色块，脖子上一圈金黄，像戴了条阔边

| 春 |

的项链,紧接着由橘红色过渡到青绿,黑色网状斑点,艳丽而不俗,娇小而迷人。她的后牙虽有微毒,但难以伤人,粤港一带乐于当宠物养。可惜了,惯性思维导致残害了一条幼小的生命。蛇有毒,但不惹它就不咬你。如果世上真有化妆成美女的蛇,她最有条件了。这世上常有放不下美女的人,非得招惹她咬一口,然后大呼美女有毒,实在滑稽。与美女蛇相处本来可相安无事,各得其所,但一个因误解产生的不幸的结局倒也说明了一些世道。

自在生长

住进山里的第一个年关,友人送了盆蝴蝶兰来。锥形的黑陶盆上十几株色彩妖娆的蝴蝶兰娇容前躬,饰配小巧的蕨藤苔草,侧边立了截半朽的枯木,华丽中带着雅致和略微的野趣。如果还住城里,把它摆在客厅,定能为过年增色不少。因为住山里,几乎不在客厅招待客人,我心一横拆了它们的家,分散种植在壁泉边竹荫下的绿蕨丛中,让它们回归自然、自由生长。蛮横的举动稀释了原有的华丽,隐匿了装点的娇贵,却让园子的春意来得更早,壁泉一带的竹林也因新移民的到来有了过节的喜悦和喧闹。只是我也悬着一份它们能否在自然状态下存活的心。

蝴蝶兰品性清雅。城里的懂花人植一两株,

摆上案头既显品味，也成全了蝴蝶兰本有的气质。成串的花朵如蝴蝶栖枝，在碧玉般叶片的托举下显得高傲而雅致，花若丝绢，叶如玉琢，厚实与柔嫩映衬，纯得让人不舍触碰。

早期的蝴蝶兰珍贵，只见于大雅之堂。自从实现工厂化的规模培育，商气盖过了清尊，蝴蝶兰走出高堂，渐渐入俗，以聚众显富贵，以满贯红显堂皇。少则七八株，多则二三十株，配以大红大紫的盆器，把小雅变成大俗，把矜持变成放纵。市场上多有蝴蝶兰被硬生生地扭摆成格式化的造型，像是被绑架到市场拍卖的生灵，看上去都觉得委屈，被出手后少于养护，本来能有三两个月的花期一两周便颓败了。需求的浪潮和技术的进步改变了它们的属性，只可惜折了这些天生丽质的生灵的寿命。

回归自然的蝴蝶兰让我喜出望外，次年长出新的花枝，再现娇容。从仲春到初夏陆陆续续都能见到绽放的花朵，除非遇上延绵的阴雨。虽然每个花枝上的花朵不多，也不像花店里靠铁丝支撑起来的那么有范，但还是那么的清雅，那么的娇艳。

自在生长的蝴蝶兰姿态万千，它们恢复了附生的本能，依偎树干，紧贴山石，匍匐草地，虚隐于蕨草却以高傲的气质脱颖于蕨丛，还原了蝴蝶兰的品性，呈现出天然的典雅。自在的才是自然的，自然的也才是有个性的。这群蝴蝶兰如同在山野里嬉戏的孩童，让我们在疼爱中欢心。想如今被强制规范造型的花卉并不少见，它们由此得到赞许、得到市场的认可，或许当下时髦、亮丽了，却丢失天性，失去由个性激发出的鲜活，如同眼底下一畦畦由有序的色块构成的花海，一盆盆工艺品般的花卉导致的审美疲劳，像一群只会答题而失缺幻想的小孩，那样的世界将变得单调而乏味，大概也不会是人类进步的终极追求。

让蝴蝶兰回归自然已成为我的行为准则。今春刚开出的几朵蝴蝶兰在绵绵细雨中霉蔫了，初夏在原花枝上又开出几朵，看似娇嫩的物种在回归自然后总是表现得特别顽强，这或许就是自在生长的力量。

落　　叶

"一叶知秋"是常识,落叶向来就是秋天的故事。住进山里,才留意到落叶的风景秋冬春都在上演,戏里的画面当然不是稀稀疏疏几片枯叶的飘落,而是满树老叶的纷纷扬扬。春季里,那些所谓四季常青的树木多在这个季节落叶换装,匆匆完成秋天落叶的树种需要用一个时节去完成的动作。只因为新叶跟得紧,抢注了万物复苏、一身新绿的形象,让人忽略了色彩斑斓的落叶随春风漫天飞舞的别样风景。

眼前,正值仲春。那些本该称之为落叶树种的黄花风铃木、小叶榄仁才落尽守冬的残叶,露出一身枝干。常绿的桃花心木、重阳木接力般的为草坪盖上了一层落叶。这时候的树是热闹的，像生长发育期前的躁动，叶子变黄、变褐或变橙色，用不规则的色彩纷纷攘攘地闹了几天春，然后随风褪去，换上绿袍，便又迅速地丰满起来。城里一些干道浓荫蔽日的大叶榕，也会在隔夜间给道路留下厚厚的一层黄叶。

香樟同样在春天落叶，它落得精彩。初冬繁茂的树冠上就孕育了芽苞，两个多月后新叶破苞而出，新生的嫩叶像找不着自己的位置，长得很慢。这时树冠的色彩便流动了起来。像大师的手笔作画，先是在青绿的底色上加了些淡墨，团团簇簇的蜡质树冠在春日的光影下呈现出深深浅浅的闪闪发亮的墨绿，接着再添加几笔橙黄、轻紫、暗红，构成色彩纷繁富有动感却难以描述色调的画面。一阵风来，泛红褐黄的老叶骤然飞扬飘洒，哗哗啦啦，伴随春风欢快的曲调，告别生命的根系，给破苞而出的新叶让位，给养育它的大地一个满满的拥抱。两天不扫地面就堆积出一层落叶来，镜头下像是深秋的景象，可抬头一看新芽爆发性生长，满冠的新绿已挂在树上，画面上已呈现生机盎然的仲春景象。香樟新叶的绿，绿得翠嫩，称得上娇翠欲滴，它细细的花穗也上了枝头，迷迷蒙蒙，像是晕染出的，带着樟木香的色彩。

大概是常绿树种的品格吧，它渴望把象征生命的绿常年献给大地，便养成了在人们不经意中完成换装的习惯。它的落叶并不乏诗意，也扣人心弦，但它不与萧瑟的秋风相伴，没有警示和牵挂世人的意图；它不需要轰轰烈烈，不需要吸引眼球，不需要入诗入画。春天的落叶是激昂的，是老叶对新叶的禅让，是生命的割舍，是新生命的升腾。香樟的每一次落叶都像经历一程风雨的大侠，抖落一身风尘，以更具活力的身段亮相新季的擂台。春天的落叶还是幽默的，你看桃花芯木在历经几天飘飘洒洒的落叶后，粗粝的枝头上还会挂着零零落落的宽大老叶随风晃荡，而绛红细嫩的新叶已纷纷登场。新叶老叶群聚，满树闹闹哄哄，看上去像踩在高跷上演出的闹剧，很是滑稽。

同样的落叶却有不同的剧情效果。秋天落叶的树干挂住了秋风留下的萧瑟，春天叶落置换的则是暖阳下的蓬勃。秋风中的落叶为的是母体在寒冬的生存,减少能量的消耗,是不让狂风吹折冰雪压垮而无奈的舍去,是自我救赎的苍凉和悲壮,这画面是给诗人的。而春日的落叶当是给所有热爱生活、珍爱生命的人。

春秋的落叶恰似人间交替上演的悲喜剧,由此连接成生命的长河。

鹭江幻象

鹭江其实是海，古早时不知道是哪位高人的诗意想象，把厦门和鼓浪屿两岛间短短的一段海峡称之为江，便也这样沿袭了。

鹭江仍然是海，天风海涛，潮起潮落，涌进涌出，映照着飘荡不息的两岸风情。

鹭江道一直是厦门城市的中心，不是地理的，是历史惯性的。早先是港是渡，今天是商是旅，总之是窥视厦门的窗口。

因为陪护家人住院，有机会早晚徜徉于鹭江道上，波光灯影，幻象涟涟。不知道是因为太熟还是陌生，或许是久违，在这曾经日日穿梭往来的地方，竟糊涂了自己是主是客。

夜晚穿过滨海的露天酒吧小街，略略沙哑

的音响飘出了熟悉的老歌："……看不尽的岁月，抹不去的从前……"。星光耀眼的摩天大楼，急驰而过的滚滚车流，多彩射灯映照的山水岛礁，仿佛都在哪里见过，似是而非，是深烙于记忆的远近场景又顽强地拽回自己：这儿有过你的故事。

当年最贪玩的年代，爸妈带着到厦门玩，便是一次远游，是最高级别的奖赏。远游行程第一件开心的事就是过渡。当时厦鼓往来有汽船和舢板两种，爸妈总怕舢板不安全要选择汽船。但我却最喜舢板。十来个乘客分坐两边，老大在船后摇橹。小船在海浪中起伏，手可以从船舷触碰海面。成群的海鸥在身边翻飞，渔家的小船就在渡船边撒网。到了厦门要遇上退潮，得从长满海蛎的水仙码头拾级而上，驳岸边裸露滩涂，点点白鹭悠闲觅食。只有舢板过渡才觉得鹭江的宽阔，厦鼓的辽远，远足滋味的绵长。

20 世纪 80 年代初，有了女朋友，常在深夜送行回厦门。轮渡已换成宽敞的铁壳船。船上扶栏凭风，这道我从八岁起就背着一支木制红缨枪随大队人马游泳横渡过的海峡似乎变得

| 春 |

特别窄,一晃就过。望远山近水,退役游轮改造成的海上乐园华灯四射,与慢慢悠悠的张满三桅的老式机帆船齐现,时代交替勾画出对比度极强的场景,似乎多了些浪漫。护驾后独返,晃悠于两侧尽是密密匝匝的自行车阵列的鹭江道上,昏黄的路灯和稀落的行人以及幢幢老旧建筑的剪影,满是小城特有的诗意。

而今日的夜,车水马龙的鹭江道,炫目的楼宇景观幻彩倒映鹭江,豪华游艇悠游海面,摩肩接踵的游客在滨海的景观道上喧闹,伴随着声调各异的街演和吆喝,人流中偶尔听到几句闽南话都倍觉亲切。只有在清晨,鹭江和伴随着它的鹭江道才见得亲和。当然那些改为酒吧的还没开张的各式老车、孤独的供人观赏的古老火车头,以及总不见鱼儿上钩的孤寂的垂钓者和难得一见的孤独的白鹭,也都能撩拨起一位老鹭江人的种种幻象。

街头,那首老歌似乎还在唱着:"为何一转眼,时光飞逝如电……"世事变幻,"只有你和我,直到永远"。

大气的深山村落

闽西崇山里掩隐着一个客家村落,因保存着 30 多栋明清时期的高堂华屋和 20 多座宗祠等饱经风雨洗练的老宅而闻名遐迩。

培田,"中国历史文化名村",一派徽式建筑,虽没有宏村、西递的富丽,却展示了中原移民的大气和见识,虽没有抚育过名震天下的高官显贵,却浓缩了忠孝礼义、耕读传家的传统精义。

当徽派建筑被客家人带进闽西,那白墙灰瓦、雕梁画栋的精美也跟进了。培田民居的门楼、窗棂、柱梁和卵石拼花地坪处处表现出着意与用心,很是耐看。而独具精彩的还是它的建筑体式。九厅十八井和土楼、围龙屋是客家

| 春 |

建筑的三大奇葩，土楼因其独创性更具名气，已成世界文化遗产。培田则以九厅十八井知名天下。

培田的民居处处彰显着大气。一座屋宇动则占地上千平方米，继述堂、官厅都在7000平方米以上。厅堂三开，厅院通视，天井互望，敞亮阔大。与屋堂配套的几十上百平方米的院子，是家人活动的独立空间，又是晒谷凉青的场所。院落连着天井，井院有花台水池，植桂弄莲，兰蕙飘香，大屋主厅侧门一开，井院景观连片，一气呵成。虽无小桥流水，却显回廊通幽，雅趣四溢。更具魅力的是主院两侧有横屋的马鞍形山墙，中间连着一片由青绿的琉璃窗花虚隔的墙体，墙上的花边立柱和精美雕饰的窗盖，配以韵味隽永的楹联横批，与横屋的屋面一起构成了豪气而又细腻，色彩丰富而又雅致脱俗，空间分割清晰而又隐约透视，是平面与纵深呼应的建筑景观。这在徽派建筑中是难得一见的。屋里除了幽雅还有开放，大屋有孩童奔跑的天地，在每一个小屋仰头都可以远望蓝天白云、星星和月亮。

九厅十八井的大气还在它的格局。正房中间有厅,有三至五进,横屋有两到三排,横屋也有厅,横屋之间有独立的院门。"卑尊有序,主次有别",大家小家融合中有分隔。一栋房子能分立三四十户,一两百人,以致九厅十八井只成统称。培田的大夫地有十八厅二十四井,官厅则有十一厅三十二井。无论房屋有多大规模,始终以正厅为中轴。横屋房门均朝正厅方向开,表现客家人强烈的向心力和"慎终追远"的心态。

培田客家的心态是开阔辽远的。在当时只有数百人口的深山村里,居然有六个书院,其中享有"入孔门墙第一家"美誉的南山书院创建于乾隆年间,光绪三十二年(1906)改办小学堂,成了县域第一所民办完全小学,20世纪初又改办新制学堂。清代培田文风昌盛,各学堂争聘外地名儒硕士,除了栽培族内子弟外还吸引了不少外地学生。

更精彩的是堪称女子学堂的容膝居,专事

培训房族女丁，造就知书达理、工于女红、精于家政妇道的贤妻良母，天井照壁上赫然题写"可谈风月"四个大字，彰显在这里可以讲授男欢女爱的开明风气。衍庆堂戏台前的左右两侧各设置女生、儿童专有的观戏间，无不表现培田客家观念的开放与阔达，正如容膝居门联："庭来竹发心胸阔，门对松岗眼界宽。"

徜徉在曾经喧闹的千米古商街，清冷寂寥，华饰的宗祠里孤香轻燃，给游人留足了怀古悠思的漫漫空间。和当今中国多数古老村庄一样，村里的青壮年都走出大山，各奔前程。那些栽培过一代代后辈的书院学堂与这个曾经繁荣过的村子，如慈祥母亲般自豪地养育并送走了一个个有出息的孩子，却留下满屋的清冷孤独。对于这个深山村落是喜是悲？还是本应有的宿命？让人沉思。那些注入了大气阔达基因的培田儿女，想必会带着比先辈更闪亮的业绩回祭宗祠。

厚载的边镇

　　和顺，滇南边陲小镇。镇前一展广阔的田畴。我们到时正值油菜花盛开，田边间杂些紫云英，三两白鹭翩跹，一派淡泊的景象。山坡上粉墙黛瓦的徽式建筑密密匝匝依势错落，好一幅江南水乡的图景。一条清澈的小河隔着镇子和田野，两座牌楼矗立，两跨石桥轻卧，两道双叠飞檐曲面白墙拱门相迎，如进镇通道上身着盛装、风采四溢的老人并列迎客，好大的气派。步入镇里，又似乎是进了山城，横竖见不到一条笔直的道路，起伏不定曲曲弯弯的石板街巷伴着飞檐斗拱的古老楼阁和雕梁画栋的年迈大宅，巷弄口有风格各异的门楼，如家族脉络的标识，让人明白深深浅浅的街巷里蕴藏着丰厚的历史故事。

矗立镇口的是一座依陡峭山坡三级台地建起的建筑群,规模不大,却意趣横生。曲折的石阶边有苍虬的古柏,门楼飞檐飘逸而张扬,振翅欲飞,中悬"和顺图书馆",下悬"文化泉源"牌匾,这便是中国最早、规模最大的乡村图书馆,是古老小镇"启智化愚"传统精神的宣言。穿过门楼可见一西式大门,据说是仿东吴大学校门建设,铁制拉栅门从英国经缅甸由马帮驮运而来,颇有先进的意味。主楼是两层的木构楼房,砖红色的底墙立柱托起门楼样的飞檐,一层是白色西式玻璃门窗,二楼外有砖红西式栏杆回廊,墙面一如底楼样式,中西风格融合得如此协调让人叫绝,建筑的表现犹如主人家的视野和胸怀。这座百年的边陲乡村图书馆史上藏书达七万多册,多有善本和孤本,抚育了一代代莘莘学子由小镇走出,享誉世界。

和顺有保持完好的八个宗祠,建筑之精美在国内村镇并不多见。宗祠以家族衍脉形态荟萃了和顺的历史、文化、建筑艺术形成特有的宗祠文化。诞生过民国代总理李根源和当代哲

| 春 |

学大家艾思奇（李生萱）的李氏宗祠便建在登龙（黑龙山）望凤（来凤山）的风水宝地，梯山而筑的殿阁层层递进，庭院里老树繁花，幽兰馨桂，庭内迎门的石台间探出一龙头源源不断地吐出泉水，出自名人手笔的楹联和深蕴人生哲理家训家规，流光溢彩。和顺的宗祠各具特色，李氏的派头、刘氏的细腻、寸氏的豪华等无不映射着和顺曾经有过的繁荣富贵。

弯楼子是和顺民居民性风范的代表。这是跨国巨贾"永茂号"的大宅，屋里的精美豪奢自不用说，宅子的正门不大就在巷口，沿弯巷而建使宅屋成了弯楼。楼内现已成为和顺民居博物馆，馆内道出了小镇民居建筑"顺势（山势）而建""顺巷而建""顺其自然"的特色。由于人多地少，乡邻和睦，无论贫富民居的建筑格局都以"顺"为美，门头朝向变化丰富，风水掌握于胸。

从弯楼子出来，我突然悟到正是这一"顺"字构建了古镇的历史格局。明初汉人因屯兵戍边来到异族的荒蛮之地，因顺立足；位居茶马古道跨境经商贸易的道口，因顺而繁荣；中华门户的渐次开放，因顺而打开眼界和学识；近代革命力量的涌动,因顺而产生革命义士和传播马克思哲学的先驱。一个极边小镇就因为有这样的气度和能力而深积博载出丰厚的物质文化资产。顺势而为、顺理成章,"顺"成就了这个边陲小镇,也体现了民族精神的光华。

静静的银杏村

腾冲的银杏村很有名气,每年秋末初冬3000多棵百年银杏把古朴的村落装点成一片灿烂,屋面墙顶、院落街巷四处铺满金灿灿的落叶,微风一过,树下的行人也落得片片的金黄。童话般的色彩世界便有了无限的浪漫,爱情、亲情、友情涌进这让人感怀的时空,村里热闹而喧腾起来,无数的影像和文字也跟着在媒体传播,在朋友圈荡漾。

我并不是在最精彩的时候来的。刚入三月银杏还未发芽,银杏林显得特别的空寂,银灰的枝杈疏朗的在蓝天白云下伸展,春风吹过,也不发丁点儿声响,鸟儿轻轻地啼叫,静得出奇。村里像放了假一样,空空荡荡。银杏广场边有三两村民在温煦的阳光下打盹，街口孤独守摊的老妇望着天空发呆，看我们过来，转而爆发出笑容，招呼我们买她的特产。

　　这村子的风光好像就留给我的，让我能从容地与老银杏们对话。卸了金袍的银杏裸露着一身筋骨，依然雄赳赳气昂昂地守护着这个村庄。最古老的那一棵已经在这里昂首挺立了1300年，不知道是先有它还是先有这个村庄，总归这个银杏的部落应该属于他的。村里传说三国时期刘备南征曾在此树上拴过马，这让银杏王有了更多的故事和光彩的履历，村民们更是为此而津津乐道。不过按树龄论刘备时代要早些，且诸葛亮征南蛮七擒孟获是在刘备归天之后的事，刘备在南方未定的时候来到此地应缺乏史实，但这传说已足以证明银杏之王的资格和祖祖辈辈村民对它的崇拜，以至于香火升腾并有了个银杏庙。敞亮着筋骨的老银杏很是耐看，浑身上下充满了沧桑美、刚毅美和结构美。上千年的风雨雷电、人毁虫蚀，存留下来的多是一身衰朽斑驳，但因为生命力的顽强，它们不仅活下来,哪怕半边的身躯也还长得枝繁叶茂。主杆上虬结树瘤重重叠叠,像时光胶囊一般,深藏着多少不为人知的故事。每棵老银杏似乎都是家族合抱,同根或同杆长出几个参天的分叉,像兄弟也如子孙,它们相拥而生,坚挺的枝干比肩向上、向广袤的空间生长,充满力量的美。小巷里由暗黑火山岩毛石垒砌的粗粝矮墙边高大灰褐的银杏枝条在淡蓝的天空和缥缈的白云下交织,宛若一幅幅村落与银杏古老生命写真的图画。

我们找了户农家吃饭,银杏树下摆一小方桌,上菜前先送上一盘炒银杏,食之如嗑瓜子,果壳米白,果仁黄中带绿,松软味苦,嚼后余甘。主菜是银杏炖鸡、银杏花炒鸡蛋,院里静静的,里外浸透了银杏的味道。

入住村边的悬崖酒店,崖下是由地下河流经火山岩溶蚀出峡谷的黑鱼河,两岸崖壁和河底的沙砾苍劲黝黑,河水青绿。酒店里看不到有其他的住店旅客,酒店内外的空间变成私享。凭栏俯瞰谷底河流,哗哗水声随风飘送,远眺是对岸的疏林和柔缓的山峦,苍鹰悠然从容地盘旋林上,一阵铃声传来,有列队的山羊剪影般的在林中移动。夕阳斜照,轻轻地落在身上,抬头与柔和的红日相望,如读一段令人神往的诗篇,直至太阳落上句号。

很庆幸我没有在人潮涌动的季节来,我造访过静静的银杏村。很多景致未必在最叫好的时候到达,换个角度便会有别样的精彩。

司莫拉佤寨

离腾冲城不远的司莫拉佤寨是一个只有几十户人家的佤族村落,虽然算不上是保存最好的佤族村寨,但因为民族文化的存留,寨子里仍弥漫着原生态的古老气息,神秘而新奇。

在司莫拉我领受了佤族村寨的三项经典:

其一是一对木鼓。佤族视牛为神,不拿牛皮做鼓,木鼓便是独门绝活。每个佤族村寨都有一公一母两尊木鼓,母鼓体型大,有一人横卧大小,声音高亢清脆,公鼓略小而低沉浑厚。木鼓由整段原木掏空,上部有约 10 厘米宽的长槽,形如女阴部位,四面雕有牛头、太阳星辰等图样。木鼓隐隐表达着母系社会的遗风,寓籍民族生生不息的祈愿。木鼓是佤族的神器,

| 春 |

制造木鼓时全村老少都要参加。从伐木、拉运、制鼓,直至迎鼓入位都有严格程式和礼仪,并在"魔巴"巫师的主持下进行。人们和着巫师的吟诵唱歌起舞,是木鼓舞的原始形式。木鼓供放于木鼓房,平时不能随意敲打,只有重大节日、宗教活动、战斗出征、获猎归来,才敲击木鼓并跳相应的木鼓舞以示庆贺。如今木鼓舞已成为佤族节庆和迎客的象征,木鼓也成为游客摆拍的热门道具。

其二是一座官邸,即佤王府,是村寨首领生活起居和与族人议事的场所。王府坐落在寨子的高处,老树掩映下一个体量不大的建筑,木作柱墙,草扎的屋面,这在当时民居建筑相对矮小简陋的寨里已足够威严和霸气。屋前立着两根高大的木桩,大的称"寨心桩"有十来米高,形如阳具,雕有十二节理,据说有相日计时的功能。相伴的立柱下粗上细,肩处伸出一段横木,导游说不出它的寓意和功能,我猜应有阴阳相合的意思。王府附近有一些柱状人形的图腾式木雕,夸张的形态上突出表现了女性的乳房和阴部，看得出在刀耕火种年代的佤人对生命崇拜。

其三是一片森林。每个佤族村寨附近，都有一片大树参天的原始森林，也称"图腾林"。林子只是祭祀用，是鬼神存在的地方，人们不能贸然进入，更不能动林中的一草一木、一土一石。司莫拉佤寨的神林如今已允许游客进林内游览。沿石阶步入森林，葱茏茂密的树木遮天蔽日，涓涓溪泉如古筝轻奏，桫椤、槟榔、野芭蕉杂生于藤蔓丛林，氤氲中充满神秘。林内到处可见挂在树上的牛头骨，长长的抵角似张扬生命的顽强，两个硕大的眼洞似乎望着天也看着你，成排的齿牙则如随时想啃噬一切，有完整的，也有老朽得七零八落的，一幅幅狰狞的面孔让人头皮发麻。两棵老须盘根、藤萝攀缠、苔藓丛生的遒劲挺拔的神树上多达几十个牛头骨，那些能挂在高处的无疑需要虔诚崇拜的心力和极高的攀登技巧。

佤族相信灵魂不灭和万物有灵。在他们的观念中，山川、河流、植物、动物都有灵魂，即鬼神。鬼和神没有区别，人的生老病死都与之相关，都受一个神秘的力量的主宰，由此形成万物有灵的自然崇拜和原始宗教。人对生命的渴望进而产生对大自然的敬畏和尊重，不也就是生态和谐的原始力量？

司莫拉在佤语中是"幸福的地方"。寨子里的村民并不多，一路所见的村民无不带着恬适和安闲。我们在一户佤家买蒸熟了的粑粑想带着吃，当家的却要我们坐下歇脚，说这东西烤过更好。于是，掀开炉盖，在炭火上慢慢地为我们烤制佤家美食。米香夹带着芳草的焦香飘溢，有如让我们一同感受他们的幸福。走出寨子，山坡下一片广袤的梯田，从那片森林淌出的溪水流经寨里共享的洗衣亭，流向那水轮不停转动的磨坊。油菜花开得正旺，在明丽的亮黄中有一泓碧水，映照着云天和潭边的绿树。

原始和现代隔着一堵墙，也开着一扇窗，对生命的态度犹如一缕光亮贯穿而来。万物有灵，这世间万物的和谐共存不正是生命质量的最终体现？尊重生命就意味着幸福，古往今来莫非如此。

国　　殇

"操吴戈兮被犀甲，车错毂兮短兵接。旌蔽日兮敌若云，矢交坠兮士争先。"屈原《九歌·国殇》的开篇用极简的文字描绘了战场的残酷和将士的英勇，读来让人动容。站在腾冲国殇墓园的小团坡下，望着满山的墓碑和忠骨，联想起刚细细看过的滇西抗战纪念馆。当年中国远征军辗转鏖战于滇缅原始森林，横渡怒江、强攻海拔3000米的高黎贡山、打下坚固防守的来凤山、收复腾冲城，以近十万将士生命的代价重新打通中国抗日战争的国际后援通道。幸亏有这个纪念馆和墓园，使后人还能明白，还能想起和记住中国近代史中的这一片段。

腾冲城西南叠水河畔的小团坡山形如钟，

树木繁茂，国殇墓园沿坡而建。重檐歇山式的忠烈祠掩映在苍绿中，阳光照着檐顶的琉璃瓦熠熠生辉如光昭日月的忠骨华光，檐下黑底描金的"河岳英灵"匾额和立柱悬挂的楹联在幽暗肃穆的空间显得格外耀眼，如祠内墙上嵌刻的9618位腾冲之战将士的英魂闪耀。这里记述着腾冲这一边陲古城的历史：因为关乎国家抗战的整体格局而成为战略重镇，被日军占据近三年之久。为洗雪这一耻辱，远征军以上万血肉之躯和满城废墟的代价夺回了这座小城。

忠烈祠旁便是烈士墓区，圆锥山体有如庞大墓冢，山顶矗立着纪念塔，石基上的竖方碑，玄黑碑石上凿刻"民族英雄"四个大字，外侧是灰色火山岩石凿刻的花边，竖碑上立着方尖碑，上刻"远征军第二十集团军克复腾冲阵亡将士纪念塔"，灰石描蓝，清冷而深沉。以纪念塔为中心，烈士的墓碑围绕小山坡，辐射状分为六个等分，每个等分都代表一个师，按照战斗序列排列在山坡上。3346块墓碑上书写着牺牲将士的姓名和军衔。队列整齐，如一支静静地等候接受检阅的队伍。来参谒献花的人很多,却没有谁喧哗,像不忍干扰这肃穆的氛围。英魂尚在,唯有敬仰。

山坡下立着一个"滇缅抗战盟军阵亡将士纪念碑"纪念配合远征军收复腾冲等反攻作战中牺牲的多位美籍空军将士。让人感怀纪念的还有为维持滇缅空中通道开辟的死亡空路"驼峰航线"而牺牲的飞虎队的近万名将士。万里孤魂安息异乡,是对他们的告慰,也是异乡的荣光。

还好他们的多数能留下姓名。在山的另一侧矗立着缅怀牺牲在印缅战场的中国抗日英烈纪念碑。边上一堵长长的高墙刻满了长眠在异域的将士的名单,但他们只是一小部分啊。这数字本身就传递出何等的悲壮!多年来一些爱国人士和烈士遗属远赴缅北丛林试图寻找些忠骨让英魂还乡,却因环境条件和能力所限,只能带回少许遗骸和曾经浸透烈士血肉的泥土作象征性的安葬。他们为国捐躯,却回来得那么艰难、那么低调、勉强和平凡,这是历史的悲剧,这样的现实同样能唤起人们心灵深处的震撼。

中国远征军，以近二十万将士的生命保住了中国抗战的大后方，支持了抗战的最后胜利，但这段可歌可泣的故事在许多国人的历史常识中却被淡忘甚至被忽略。然而历史往往会被突然激发，倍感强烈。我相信来到纪念馆和墓园的人们都会受到深深的心灵撞击。

默默地站立墓园，眼前只有遒劲的苍柏和森森的树木，太阳斜照穿透进几道光束。不知怎的，突然就想起毛泽东的诗句："苍山如海，残阳如血。"那种苍苍茫茫、带着血色、血腥的雄浑悲壮的旋律在胸中涌动，久久难以平息。

漂浮的草原

"亿万年前的一次强烈的火山爆发,炙热的岩浆堵塞了大盈江河谷,上游几十公里的河段由此形成了湖泊和沼泽。"

我到腾冲北海湿地时承蒙开发湿地景区的元老段总作陪,这位专家级的领导话不多,却如教科书般给我上了堂知识性和趣味性兼备的湿地专业课。顺着段总的思路,我能想象到这里曾经发生的摧毁一切的自然暴力:滚滚熔岩与江水碰撞,升腾起遮天蔽日的雾气与火山灰一起把天地带入黑暗。过后的这里一片死寂:一片荒凉,正如我们能看到所有奇特的地理景观一样,都经历过惊天动地的残酷的再造过程。

"火山灰撒落湖中漂浮水面,草种随飞鸟和

风落在火山灰上，迅速在肥沃的火山灰泥和滋养的湖水中生长繁衍，草根串接交织，天长日久集结成厚度20厘米至50厘米，最厚达两米的世界罕见的漂浮水面的'浮毯型'草甸，这片独特的高原火山堰塞湖沼泽地成了动植物的天堂。漂浮移动的水上草原生长着湿地植物159种，其中有莼菜、鸢尾兰、鹅毛玉凤花等国家一、二级保护植物。丰富繁茂的植物群落成了鸟类和两栖动物绝佳的栖息地，湿地内记录到的鸟类有两百多种，动物近百种。有国家一级保护动物黑鹳、黑颈长尾雉，还有全球极度濒危的青头潜鸭。"放眼望去，长空浮云下的绿水浮草，如海面座座岛屿，片片绿原，点点飞鸟起落翱翔，辽阔清朗，令人心醉神迷。

接着段总聊起这里的一些美景趣事。"草甸有很好的浮力，人行走在草甸上，不会沉入水中，随步伐起伏，随清波荡漾，有如行走在充气筏上。找块不大的草甸，使根竹篙一撑，草甸便成了草排，载人划行，有风的时候可坐卧草甸上随波飘浮，仰望云天悠悠，有超尘脱俗的幻境。五月间鸢尾花盛开,紫蓝色的花海如云蒸霞蔚,飘浮在青山碧水间,让游客流连忘返。"

"北海有鱼跳锅里的说法,出自原住民传统的'踩鱼'习俗。在宽大的草甸上找一个窟窿,当地叫'排洞',草甸下的鱼常会到洞口呼吸,在洞边守候的村民猛踩草甸,鱼便随水流一起涌出,并搁在草甸上,鱼就轻易得手。"

段总说着带我们上了条小船,泛舟浮游于草甸间。蒲苇刚露出新绿,睡莲已伸出一盘盘碧叶,水至清,看得见大小游鱼。白鹭、黑鹳、灰鹬或单脚独立于草丛,或安闲地在水边觅食。突然有一条巴掌大的鱼跃起,落水时却掉在草甸上扑腾,不远的黑鹳从容地走来,独享天赐的美餐。这不正是对"踩鱼"的演绎吗?巧遇了这一幕,运气真好。在水面游弋的禽鸟中最抢眼的是赤麻鸭,浅棕色身躯,头颈略白,黑色的嘴巴和尾羽,脖子上一道黑圈,雍容丰满,个头比家鸭大许多,在水鸟中特别出众,不论是悠游水面还是起飞翱翔总是成双成对,活像大号的鸳鸯。耐看的是被称之为"最美水鸟"的紫水鸡了。蓝紫色的身体孔雀绿的脖颈，鲜红浑圆的鸡冠橘红色的嘴和脚，色彩艳丽而不俗，体态高贵而优雅。我是早些年从新闻里认识紫水鸡的。当时厦门的一处湿地发现珍贵的紫水鸡曾是轰动一时的新闻，可眼前一数都有十几只，据说这里有超过两百头之多。真是鸟的天堂！

火山堰塞湖湿地，生命的韧性创造了生命的多样性和多姿多彩的生态美，可在居于生物链顶端的人类面前常常又显得特别的脆弱。段总告诉我这里的草甸曾经因为人们的开发种植而萎缩，许多鸟兽因捕猎而消失。好在它们又回来了，并重新做了主人。人类只有放低身段，以客体的身份和友善的心态与它们同建家园，这世界才能变得更美好。

门头大王旗

安仁古镇知名度很高，20世纪的上半叶是因它的繁华，下半叶则是因它或有的残酷，今天则是因为它经典的建筑群。公馆群落已成为安仁的代表。

安仁的公馆多以川西民居形式混搭西洋建筑元素，是中国建筑风格演进过程中的奇葩。中国院落式民居考究实用性和风水，竖向体量一般都不大，建筑的形体立面难于表达宅主或设计师的风格与寄意，都会在屋脊、门头和窗沿上下功夫，彰显其品位和个性。安仁公馆显然做足了门头的文章。

门头即府邸的门面，堪称公馆建筑的点睛之笔，是身份和财富的象征、府邸主人的心志表白。据说许多公馆由德国设计师主笔，门头的造型和立柱、花饰多有西方巴洛克元素，融合中国民间特别是川西民居的构型、雕饰、绘画技法于一体。柔美匀称的线条构成的尖顶或圆顶，置于优美纹饰的高立柱之上，颇有向上升腾的动感，繁雕缛绘寓意吉祥的花草鸟兽和表达宅主心志修养的匾额对联，使大门表现得既轻盈又不失庄重，既雍容又不失雅致。各公馆彰其实力和才艺，把门面做成了争彩斗艳的艺术展品，可惜有些精美的雕画已损毁，色彩斑驳，有些已被水泥覆盖或涂抹。或风韵依旧，或颓废破败，都掩饰不住饱经风霜的容貌。这些沐风栉雨的门头不仅是富蕴美学价值的建筑艺术之作，还记述着它曾经的主人以及它几易其主的身世。

如果说城头变幻大王旗意味着世事变迁，那么公馆门头的晨阳夕照、风雨烟云也犹如变换王旗一般让人不免涌起对世事的沉思和感慨。安仁素有"以武崛兴"的说法，军阀地主、达官显贵风起云涌，曾经是中国西南举足轻重的风云人物的聚集地。安仁的历史大戏都浓缩在20世纪，历经显赫繁华，走向冷落孤寂，再到门

| 春 |

庭若市，门头人烟的聚散往复道尽历史的沧桑。

公馆因主人的身世有了向明或向暗的色彩。刘湘兄弟的合斗沉浮尽显在公馆的角角落落。有意思的是刘文彩公馆。当代上了年纪的国人年轻时可能都曾听说它的主人是穷凶极恶的大地主，知道公馆里有水牢、地牢，阴森无比。20世纪90年代初期公馆才还原了所谓的牢房本是仓库和储藏室的历史真相。社会终于还给他历史的真面目。现在公馆里陈列的照片他一脸温厚儒雅，他先靠生意发财，后广置田产积累了巨大的财富。他买卖鸦片、走私军火、也做正当的买卖。他还是一位身体力行的慈善家，捐巨资办学，扶困济贫，修堰筑路。历史人物嘛，功过是非，不予置评，还原就好。就如那精美的门头，任凭王旗互换，不毁掉就好。

那些门头匾塑刻"进德修业""门兰霭瑞""横烟绿映"，门联题写"蔚蔚雾中山缅怀乡国每涌大风思将士，茫茫天下事放眼乾坤谁将霖雨慰苍生"等的公馆原主人都已烟消云散。他们的公馆如今或成展馆，或成私人藏馆，都尽显光鲜与人气，而一个个它们热衷于讲述的故事,都难免让人唏嘘。

  历史在时间的洗刷下会有它的自洁能力,这也是一种美感。安仁,把建筑的美感和历史的美感一同写在门头上,这该会是永立门头的王旗。

夜宿山乡

渐渐浅薄的碎梦被抑扬顿挫、音韵连绵的鸟鸣唤醒,朦胧中两道微光从天窗落下,天色亮了。眼前,天花上裸露的梁檩砖瓦格状交错,盯着它看像一张已经发黄的作文,纸上写满了风烟往事,幽深而浪漫。

山重的水云间民宿,半墙的方形黑灰块石,半墙的红砖,线条细腻的马鞍形山墙镶嵌白色花岗岩拼砌成的色调对比鲜明的五角星。茂密的使君子开着淡粉的花儿漫过围墙,从门头至后院,幽香笼罩,四处流淌着山里特有的清爽和恬宓。办完入住后我们自各穿过满是青苔的回廊和老树荫掩下随意散落着粗朴缸罐的小院,找到了据说是粮仓改造成的客房。廊上的老红砖已磨出些凹陷，厚实的杉木门上微锈的铁环和沉沉的木闩带着年岁的印痕，推门进屋深沉的嘎吱声略略回响。感觉自己像当年的知青跋山涉水来到陌生的农家入住，空荡迷蒙中带着些新奇。窗上灰白色花岗岩方柱窗棂粗朴壮实，投射进来的阳光像被切成几块薄片，家具器物弥漫出浓浓的闽南乡村的味道，屋里的氛围比普通农家民宿来得沉实隐秘。昔日村民们共享大锅饭的食堂和蘑菇房摇身成略带放荡格调的餐吧和书房。当年在白色石柱上用心雕琢的"四海翻腾云水怒，五洲震荡风雷急"和"自力更生，奋发图强"这些口号式楹联依然鲜红，一座带着强烈的特殊岁月痕迹的山村"大宅"、曾经掌管这穷乡僻壤的生产和革命的队部，经一番禅意的修饰，成了深藏古村却名声在外的休闲去处，很多远客奔波至此只为了在这院里自我放逐几天。

按理一个坐落在有1300多年历史村落里不过半世纪多的宅子言不及老，与尽是由卵石垒建的村落（从村寨门墙、村宅祠院到街巷、沟渠都以大小不一的圆溜的卵石垒砌,却如砖砌一样平整,有些外墙米尺一压连一张纸都塞不过去,拥有让人惊叹的传奇式的古老围屋宅院)相比,这栋由条石和红砖建成的"新宅"是稍逊风采的。但正是那些还鲜红的楹联和历历在目的故事,能唤起经历过"上山下乡闹革命"那段历史的人深切的联想和共鸣、不尽的感慨。即便没经历的人也会因好奇、求知而沉思,所以此地才值得一看,值得小住。家国本就如此,哪怕是深山小村,也躲不开历史的和煦与风雷。经历过疾风骤雨后回归的闲适和安逸,或许是这里独特的魅力。

起了个大早,坐在溪边烧烤堆旁创意感十足的由门头石随意叠起的石凳上,信意翻阅从"蘑菇房"找出的图书。拂水垂榕随风窸窣,溪水泠泠,读到名家的精妙集萃,思绪随文笔流淌。由范曾《风从哪里来》的字里行间泛起阵阵微凉的风荡入心头。这位国学和书画大师说过,始于青萍之末的和风,"它吹绿江南岸,吹白北国山,吹蓝西域天,吹黑东海潮"。"风在自然本无善恶，风在人间必有优劣。"是啊，在"四海翻腾"的年代，有多少激情汇聚于山乡，血汗换来的仍是破落和贫穷，而今只是民性的和风拂过，却造就了让人回味悠长的放逐身心的去处和源源的财富。"水云间"，这个名字叫得真好。

夏

水晶帘动微风起,满架蔷薇一院香。

——高骈《山亭夏日》

听　　蝉

在园里看书,听蝉。

"蝉噪林逾静"是山居都有的味道,我发现更让人陶醉的景象,是群蝉高声鸣噪间有谁指挥似的骤停,山里显出的那片空灵,有如喝着热茶,间或呷了口冷山泉一样,悠悠喉韵中泛起些隽永的清凉甘甜,这种意境不妨叫它为蝉韵吧。

蝉其实挺搞笑,一虫而已,百姓并不在意益害,可有钱、有闲、有权人还有文化人惦记了它几千年,或褒或贬,或寄意或哀怨,总拿它说事。

古时的文人骚客偏爱秋蝉,眼里的蝉多是离别、思念、哀愁、悲悯的角色,特别是诗家词豪,唐代许浑的"不知何事爱悲秋"似乎就给蝉定了性情,宋柳永的"寒蝉凄切",则写极了人蝉情怀，以蝉入诗者多是如此的格调。偶尔也有慧眼褒扬的，如唐虞世南的"居高声自远，非是藉秋风。"以致《唐诗别裁》说："咏蝉者每咏其声，此独尊其品格。"还有宋辛弃疾，以蝉鸣蛙噪吟咏稻香丰年的田园夜色，也算给蝉解了憋屈。

画家笔下的蝉就充满雅兴雅韵了。国画中蝉是灵物，象征高洁和通灵的品格。齐白石精于画蝉，还流传过与张大千关于柳枝上的蝉头该朝上还是朝下的辩证趣话。

古时皇家权贵视蝉为通灵之物，让逝者口含玉蝉，相信死者入土后会像蝉的幼虫一样，只是生命蛰伏的一个过程，有一天会破土脱壳复活，再上枝头高歌。

我的童年，不知道有如此丰富和浪漫含义的蝉，却也结了些朴素的蝉缘。一到夏天总要设法找到生胶浸泡汽油做成粘胶，缠在竹梢捕蝉。伙伴们常拿着战利品比试谁捕获的蝉品相更好、叫得更响。那时听说蝉壳是一味中药能卖钱，山上树下四处找寻每年都能积攒不少，但一直没能收获变现的喜悦。年纪大些的玩伴常夸口烤过的蝉胸肉如何美味，只是冒险之心不足始终不敢尝鲜解馋。蝉给童年带来过很多欢乐。

蝉，算得上人类的亲密伙伴了。在浩瀚的昆虫世界里，能成诗入画、寄寓人生、告慰心灵，还能让孩童惦记，被赋予如此多使命的生灵该如此而已。只可惜在现代化的水泥丛林中这样的意趣正在远去，早早被网络淹没的孩童们对蝉已不以为然。

消停了一会儿，一只蝉带了个头，其他蝉又都跟着鼓噪了起来。我突然觉得蝉的心机有点像网络的大V，知道通过不断的发声来博得存在感，提高收视率。原本这叫声是求偶的，单纯得很，可是听者却另有情思，于是借其哀鸣的、高歌的，制造噪音的、烘托静谧的各种说法跟着出现。许多大V的心思当然要比蝉的鸣噪复杂得多，掺和的粉丝和吃瓜的群众当然也各有所图，跟帖附和者、吐槽者便纷纷扬扬，这大概也是人世间的热闹所在，也堪称当今的蝉趣。

听蝉，成了山居闲人心怀感念的私享，越发珍贵起来。

天狗食日

四点出头，正看着《伊斯坦布尔三城记》，天猛然暗了下来，以为这是雷雨季节的乌云骤至，伸手开灯时往窗外一望，天上只见几片薄薄的云彩，不是雷雨将至的天象。才想起各路信息纷扬预告过夏至牵手日环食的天象奇观将出现！

快步走出户外，轻纱状云层滤过的太阳已出现了一个大大的圆缺，像被咬了一口的金色大饼，接着圆缺渐渐变大变圆，套入金饼，形状如黑巧克力加了个金边，妙极了。我没准备观测的工具，看不到日食过程出现时最美妙的贝利珠和钻石环，但能邂逅这一奇异的天象自然也兴奋不已。

我本不是一个天文爱好者，星际宇宙的神

| 夏 |

秘和遥远常让我在仰望中茫茫然。从小就常听到的后羿射日、天狗食日好多关于太阳的神话和传说，在知晓了一些事理之后总不明白人类在那些时候对万物生长所依靠的太阳怎么会有如此的偏执遐想，射落九个太阳的后羿成了赈救世间的英雄，那个叫天狗的恶神吃掉了太阳后，人们得朝天射箭、敲锣打鼓、燃放鞭炮来驱赶，以追回太阳。大抵还是因为混沌世界的人民可爱，把人间的暑旱之灾归咎于多出了几个太阳，需要创造个英雄来拯救，而一旦唯一的那个太阳"丢了"，还得大伙齐心协力抢回来。今天再拿《天狗食日》的故事哄小孩也说不过去。"天狗食日"终归是太阳与月亮合计着给永远充满好奇心和想象力的人类再变一次戏法，告诉人们这天地变换的神奇和永恒的力量。人类终归只能老老实实去认识、适应和利用自然规律，任何试图改变规律的行为终将被反噬。

据说地球上每年能出现二到五次日食，但同一地区出现日全食的概率大概是三四百年一次。所以能目睹这一奇观，感受到日月交会时刻的璀璨景象，相当于百秒间领略了几百年才能遇见的天象，也算是几辈子才能有一回的幸事。反观这短暂的日全食景观便也有了"山中一日，世上千年"的意味。人类生存的漫长岁月对比之宇宙星辰的轮回运行不过是瞬间而已。视线回到手头的书上，也就在公元前580年左右，伊斯坦布尔当时还叫拜占庭，爱琴海西边米提斯与利比亚两族正打得不可开交，烈日当空苦战犹酣之际，忽然天地俱黑，不见了太阳，双方主将顿时惧怕天怒，鸣金收兵，以和平结局，通婚成亲。多好。伊斯坦布尔曾经是世界交通、商贸、文明的中心，8000年的历史流淌，记录了无数的兴起、杀伐和毁灭，多少次同样的天狗在它的苍穹上食日，世事则延绵经历了多少苦楚和欢乐。

历史好像一直在告诉人们，笑着观赏天狗食日，平静地面对世事沧桑。

燃情的旋律

几天前,一位新星以独特的风格和音色哼唱了悠扬深远、动力感十足的《燃情岁月》的主题旋律,触动了我怀旧的情愫,当晚就撇下看得正顺当的《天龙八部》去搜罗那些曾经熟悉的老旧片子。

都是陈年老片,也忘了以前什么时候看过,从《卡萨布兰卡》《罗马假日》《教父》《西西里岛的美丽传说》《燃情岁月》到《廊桥遗梦》等。多少年来与奥斯卡关联的大片如海,潜意识召唤似的连连选取那些主题旋律仍萦绕耳际的片子,说不清楚是想重温影片讲述的故事,还是想从剧情和画面里得到那些熟悉的旋律。一连几晚,像要在别人老旧的相册里找寻些什么,但看过后对主题旋律的印象总是要比故事情节深刻得多。

《卡萨布兰卡》讲述信念与爱情纠缠的生离死别;《罗马假日》充满喜剧性的人格欢乐;《西西里岛的美丽传说》呈现乱世中人性的现实与罪恶;《燃情岁月》表达对爱的牺牲与追求;《廊桥遗梦》表现真爱的闪亮等,除了亮眼的壮阔场景和随剧情而动的情绪起伏,过后记忆里并没有留下些什么。不同的是对每部影片中都有的让人经久不忘甚至是挥之不去的旋律的新的理解和感受,大有温故知新的所得。几十年来,这些歌曲不断被歌星翻唱、演奏家弹奏,不同的风格、不同的情感演绎,从流行走向经典。打开音乐网站,时不时都会推送,让人百听不厌,常听常新,大概就是因为抽象的音乐可以填装进太多自己的东西。

《教父》浪漫主义的黑帮史诗的故事和情节随时光流逝已渐渐褪色而模糊,已谈不上什么深刻的社会意义,而主题曲《温柔地倾诉》,层层涌动般的旋律递进,张力十足,对心灵的抚慰却是长远的。你可以不知道《教父》这个片子,你可以不理解杀戮残暴与人性怜爱、关爱、恋爱间的矛盾,但当《温柔地倾诉》的旋律响起,你既已奔腾汹涌的内在情感同样会变得舒坦而柔和,负面的情绪里会透进一些光亮。

虽已一大把年纪,这些天一直沉浸在《燃情岁月》的主题曲里,时不时小哼或放歌。我更喜欢无歌词的哼唱,意境尤为深远,好像剧中雪山草原、深林清溪、策马驰骋的场景也一起映现,给人以青春的力量。磅礴的乐队创造了强烈的穿透力和感染力,清澈明亮的钢琴切入,进而悠扬欢快的小提琴独奏协奏,交织洞箫的沧桑深邃,旋律与荒野的画面一起表现出燃烧的激情、生命的自由和力量,赋予这哼唱任何歌词都难以表达的人性的光芒。即便你不从这样的层面来理解,也会在这旋律的感染下心绪变得更加宽阔和辽远,内心的某些沮丧都会在当下释怀。

主题曲因故事而作,却常常要超越故事。也许故事把作者的思想说透了,留给受众的空间太少，以至于故事更易随时间远去，而音乐把故事力图揭示的主题升华到情感美学的高度，故音乐永恒。

童　　趣

晚上，四岁的桃桃仰着一张恳切的脸对妈妈说："妈妈，我跟你商量一下，我想去海边玩水、挖沙、坐船、吃自助餐。""商量"，多巧妙、多准确的词汇。在不知道想了多久的动议上，先得客气着点，表现出对妈妈的尊重，然后已经有大人模样的自己，也不能居于太不平等的地位，有事咱们商量着办，这事果然成了。

毕加索说每个孩童都是艺术家。当稚趣的思维以童真的形式表达出来，那便是一种天赋的语言艺术，像戏剧小品的片段一样常常在我身边上演，那些没有专业套路和表演艺术模式的幽默，让我在不时地回味中失笑。

桃桃不到两岁的时候，千家万户都被疫

情困在家里发慌。有天,桃桃背着他心爱的双肩包手上拿着他出门用的水壶默默地走到大门边拉住他刚触拉得着的门闩。妈妈问:"你要去哪里呀?"他一回头,闪耀了一脸笑容,眼睛放光:"出门,高速公路,开车!""干吗呀?""姥姥、姥爷。""你包里都装了什么东西?""车车、零食。""还有吗?"小脸蛋环顾了左右,喃喃回答:"尿不湿!""现在外面有人干吗?""生病。""所以说什么?""不可以出门。"一阵小小的漠然,耷拉着头,桃桃一脸沮丧地回到客厅。即便说话还凑不成句子,天赋已让他有完整的寻找快乐的构想,出远门的各个要件也思虑周全,有些情节,有些包袱,有情感的起伏波折,活脱脱一折演绎官方告诫居家隔离的幽默剧。

两岁刚过,姥姥姥爷去看他。刚进门,他跳上沙发,手舞足蹈极度兴奋地叫道:"姥姥说,哎哟!哎哟!"然后小手捂住嘴巴,笑得弯腰不起。那神态、语调、拉腔,惟妙惟肖。我们先是错愕,紧接着大笑不止。不知道是在什么时候什么场合捕捉到了姥姥的口头禅,我想他心里是模仿过的,只是不动声色,留着在最合适剧情展现的时候精彩地登场亮相。

上幼儿园后,从园里学回来很多武功,房间客厅、街道广场,兴之所至,"嗨、嗨、嗨!"拳打脚踢,天旋地转。有次在姥姥家,姥爷给他露了手少年时代学过的武术小段,他看了并不作声。几天后,姥姥独自去看他,他在客厅又一阵自创的拳脚动作,发力得满脸通红,刚歇下就洋溢着自豪的神情说:"这个动作很难,姥爷不懂!"大概怕姥姥太伤心,赶紧补了句"我比较有时间练!"。有情有义,一派武林高手的胸怀。

桃桃与牧哥一直有着特殊的情感,称牧哥"好哥",大有称兄道弟的派头。他喜欢喂牧哥却仍心存胆怯。每次喂食都像经历一场惊险的游戏,从自我壮胆,到一脸恐惧,再到眉开眼笑,喂三块苹果就达到心理承受力的顶点。他壮胆的表现往往是自语:"其实牧哥也不会咬人!""其实我才不怕!"有一回他喂了两块就移坐到餐桌边，郑重其事地喃喃自语，又像在说给身边的牧哥听："其实人肉一点都不好吃，尽是骨头！"这极具逻辑和功利关系的说教，先是让我们一头雾水，等理解领会过来，无不喷饭。赶紧冲着无动于衷的牧哥帮腔："是啊，人肉太难吃了，你只能吃苹果，不能吃桃桃的手哦！"

有天，他突然冲着姥姥说："您以后不要再叫我桃桃了。""为什么呀？""我已经长大了！""那怎么叫啊？""威力神·奥特曼！"再过一个夏天，他该上幼儿园的中班了。

打字机传奇

年幼时,家里的阁楼始终是神秘和令人好奇的地方,除了父亲时不时上下清理,再没有谁去过。从父亲平日里谈及的,我隐约知道是放了些上辈留下的旧物。直到有一天夜里,我在睡梦中被吵醒,看见母亲一脸惶恐和窘迫,与一群年轻人在辩解些什么,地上堆着一台小机器和一些书籍等物品,才知道是阁楼里的东西大概出了些什么问题。来人把地上的东西带走后,家里陷入了沉寂和间或的叹息。

几天后,老爸接到通知说可以取回被带走的部分物品,满是欢喜地带着我到了指定地点。领回的物品主要还是那台小机器,回家路上老爸告诉我这是一台英文打字机,大概被误解为有其他不当用途才收缴，现在是清白了。即便还有一些物品已下落不明，但还是看得出老爸内心的满足。

到家后，父亲打开打字机端详了好一会儿，像面对失散多年的孩子。这时我才看清楚这可用来写字的家伙像一台复杂的精密机械，三十几个玻璃镶铜边的按键排成四行，与之对应的金属字模和连杆呈半圆弧状排列，上部有长长的橡胶滚筒，指示标尺，行距提醒铃，回车拉扣和各种小挡板，整台机子由一个铸铁的结构架支撑，有 30 来斤重。父亲并没有说起打字机与他的缘起和过往的故事，但看得出他们间的情深。接着便开始擦拭上油，摆弄起来。次日他很是得意地打出了几张英文的歌词给我，说有空要教我唱唱。

我学唱的第一首是《国际歌》，曲子早会，记英文单词就难了。歌里很多单词冗长拗口，对于一个从英文里找不着欢乐且还没认识多少单词的小孩实在受孽，印象中跟着老爹边读边唱，泪水涟涟。好歹还是有了成果。记得上初

/夏/

中时，有一回下乡学农，夜晚在铺着稻草的仓库里睡觉，没有一丝灯光，恍惚间角落里有人轻轻地唱起了英文的国际歌，是带队的数学老师，引起同学们一阵小小骚动。兴致所起我也跟着唱了起来，让老师激动不已，放声高歌，以致那夜同屋的同学们都迟迟不能入睡。

上了中学在"外语是人生斗争的一种武器"的标题下，学校开始了英语的课程。起初上课的讲义还是手写刻印，我自己能打印出小本本就让同学惊讶，课文中的毛主席语录还能有红色字体更让大家觉得神奇。后来这机子时不时被用着，直到我见到了别人家打字机以后才明白自己家的早已是粗大笨重的老古董了，可是在那个匮乏的年代，有一台古董机用，也还能有些傲气。再后来，有了电脑，打字机被束之高阁，逐渐淡忘。

不久前路过古物店，看门边摆着台老式打字机，想起曾经有过，便问了问价。"八千，一口价！"哇，家里的那个比它还老两代。于是，回到旧居，把满身锈迹尘垢的老家伙毕恭毕敬地搬出来，决意让它恢复往日的光彩。

冯骥才在《家庭的遗产》里说:"'遗产'一词源于拉丁语,意思是'父亲留下来的'。"它有物质的含义,也有精神的内容。旧物留下的记忆总是大于旧物本身。它延长我们的人生,巩固着我们的生命积淀,时时焕发着我们的生活情感。

父亲的这份"遗产"让我看到在那个思想禁锢、社会封闭的冷峻的年代,人们仍然保持着一种向往,希冀窥探外部的世界,了解窗外的文明,充实自己的内心。用来传递思想的打字机,因技术进步带来的升级以致消亡,大概也意味着技术的进步能跨越意识形态的藩篱使地球人更自由地表达和更轻松地交流。这台古老的打字机本身就是一部传奇,是历史文字的物化。由光彩而尘封而蒙冤而失散而重聚而复出,似乎就是那段特殊历史的象征性故事。在那个年代有过如此周折的何止是物,还有很多很多相似遭遇的人,都该让人记住。古老的打字机因留给人们这些记忆而值得珍藏。

久衣成友

那天参加个聚会,有位好久不见的朋友见面就说:"你这件衣服眼熟啊!""哈哈,跟你见过几次面,你们也是朋友了。"我开心地回答。气氛和心情洋溢着一片欢喜。这衣服争气,算得上哥们儿。

衣服在护体避寒的功能之外是一种心理标签,是人的审美、财富、身份的装饰(即便每个人的价值取向不同),是个人气质的表象,有时甚至是一个人的象征,像早期电影里的人物,见他的穿着大概就知道会是个什么样的角色。社会巨大的消费蛊惑力导致人们在衣着上不得不跟随潮流以不至落伍,有些人则必须把财富穿戴在身上以彰显成功人士的身价,有如与哪位明星合过影，与某位大领导拍过照，需要营造展示的机会。可是多数衣服也因为它时尚寿命的特性难以与人长久相拥，彼此间的闪合闪离成了常态，让好些人在辛苦的倒腾中乐此不疲，特别是女生。但我相信，在很多人的衣柜里都会有几件或因情感记忆，或因希冀价值重现而不舍离弃的衣服。我就有数件相伴了三四十年的衣服，堪称是一个有特殊感情的群体，每见着它们都有一股哥们的情感。

想了好久，形容一件相伴多年又耐穿、喜爱的衣服实在困难，说旧衣不行，因为形象和款式上不旧（且自我感觉不旧），何况向来有多少新款故意做旧，循环往复，越旧越潮。说老衣也不行，老了似乎就有不中用的含义。于是只好把它们称之为久穿的衣服。相伴时间的长久绝不是在箱底压久的，是常穿的，至少是每年应季都会穿上几回的。这些衣服与自己相拥几十年，惦记着你的身形，记忆着曾经让你感动、值得留念的时光，它挽留你的岁月，不断给你自信，以致自豪。

我的久年的衣服便与我一起经历过并拥有了许多过往的欢喜、甜蜜、怅惘或悲伤。因为有它们的存在，那些场景似乎就变得鲜明和生动起来，像有人替你作了见证。比如那条牛仔，是初恋之初买的，于是作为当时最时髦的道具伴随了恋爱的全过程，这过程的那些火热场景有哪些它不曾目睹？后来它跟随我走过千山万水，我相信它记录下的最深刻一幕的是我去澳洲进修半年，期间自加压力啃下语言难关，离家时合身的裤型返家时皮带束到顶格还松垮，掉了十几斤的肉。我退休后上第一堂钢琴课是穿着它的，从第一次敲响琴键流出的最拙朴的音调中我相信它会感触到我脉动的加速。现在看来，这条裤子是能陪我到终老的，想想除了妻子还会有谁能相亲相伴得这样天长地久，这便是弥足珍贵的。

面对这些久年的衣服，时光似乎会慢下来，心境也会平静起来。人一辈子都要穿过无数的衣服，就像有过无数的朋友一样。有些是阶段性的，如业务上的或难以深交的朋友。服装也是，比如正装就是应付场面的躯壳，穿起来本不自在。30年职业生涯让我对正装有了一种内心的抗拒。退休的那年，十几套还算不错的正装全部送给那些还需要继续"装"的朋友，部分爱心捐赠，留下的衣服都是可长期相伴的，除非破损开裂，我便不会抛弃它们。穿着它们，老成的内心能洋溢起少年的欢喜。要有新衣入柜便一律是休闲款式并可以不离不弃的。我常想，当一个人无须拿穿戴作为自信的脚垫时才能体会到内心的自由与自在。

久衣成友，衣是动词，服装穿久了便有了朋友之情。你会说，其实不管什么物件，相处久了都能成为朋友的。可是还有什么物件能如衣物这般贴身，这般相知冷暖？人一辈子有几件久年的衣服相伴，有如多了几个好友，生活的品位和人生的乐趣也会有更多的寄托。

不敢老去

与花草树木相互厮守,时间一久便心神相依了。

院里有 105 棵高过两米的乔木和许多中小灌木,大个的有四层楼高,壮实得一个成年人已抱不拢。灌木品种繁杂,易疏于个体关照,大树款款地立在那里,只要居家就天天要打个照面,怕有谁会离家而去似的。四季更替,39 个树种各有习性,发芽抽枝、开花结果、风扰虫侵,像照料一群孩子的生活起居、生长发育,了解些习性知道该适时的做些什么又常常心里无底,手足无措。它们总会给些惊喜,也时不时让人有些错愕。哪棵树在不经意间恰到好处地伸展出一臂新枝,哪棵树花逢大年,满树灿烂，都像是捡到宝贝或收到孩子们的喜报一样满心欢喜。偶尔发现在心仪的位置上自然生长出一棵小树，更像是家里添丁，能激动好一阵子。这样的出其不意比中奖美多了，它们不仅给了超越期盼的表现，更让人有新的向往。它们摆下了一个生长游戏的棋局，由此你对它的未来便有更多的盼望，对生长过程便有不尽的念想，于是就有一次次的满足、一次次的欢喜。当然也有失望的时候，就像孩子们都会有各自的让人沮丧的毛病一样。

  与这些生灵生情并不只在日久，更在彼此的照料，我对它们有很多倾注，而它们也以自己的生命方式不断地回馈，悄然持续地给你美好和快乐，以至于在友人面前每每会有分享的冲动。当然还有对人性深处欲望的满足。尽管你一辈子参加过很多植树活动，次次都倾心尽力，但到底是一种公益、一种责任，很难跟自己长年的生活牵扯。自家园里的就不同了，它进入你的家园，有如领养的孩子或投胎生长于此一般，你的选择决定了它的未来，而它也给了你它的一切。面对公园或旷野的树木花草，你会感觉到自然生命的美，潜意识上你会明白这是别人家的孩子，可爱、喜欢，但不会有养育的成就感。自家园里的就不同了，看着它们一年年长高、壮实，硕果累累，内心里就会有满满的获得感，像家里账上的资产厚实了许多，树丁兴旺一如家庭的繁荣。

与自然相惜，生命的情怀会在年岁经纬的更替中变得淡定。倾心光彩夺目和爆发力的年轻态渐行渐远，知道比色彩更美的是生命的韧性。明白任何的生命体都有自己的生长意志，可以盼望，需要引导，而不可强制，犹如对待孩子。每个生命体都具有吮吸阳光雨露和风雨洗练的自由生长的生命价值。园子里的树木有些已伴随我几次迁居，从盆栽到落地，从小不点到大个头，有几十年的老哥，也有刚入户的新丁，其中还有比我年长的。我时常久久伫立望着它们，似乎自己也落地生根，不知道是它们在我的院子里生长着，还是我在它们的族群中活着。我还常陷入难分彼此的臆想，谁主谁客?园子真正的主人一定是它们,我不过是匆匆过客。无论如何,生命的本性决定了它们中的绝大多数将比我的生命年岁长久,但只要彼此还在,在年复一年的守护中,必当一直影响着彼此生命的质量和脚步,在希冀中喜乐相伴、风雨相随。面对它们,内心里总有不尽的理想和责任,让心不敢老去。

家竹的故事

竹子向来名声好,什么"三友""四君"、虚怀刚直、卓尔善群,品格气质超凡脱俗,从文人墨客到乡野农夫,或吟赏玩味,或享尽其利,乐乐融融。有权威的研究发现,竹子的氧气释放量比其他植物多35%,以致环保养生人士高喊"让竹子拯救地球"。对此,谦谦君子怎能不畅怀相拥?于是,园子内外迎进了青竹三款八丛、小竹千杆。

竹子据说有1000多种,准确的辨认它们会是个挑战,因此我宁愿不较真家中竹子的品名,给它们来个昵称更显亲近,像君子之交。

先说青叟。它高大老成,以叟相称合适。青叟碗口粗,可有三层楼高。没有毛竹的凶悍,

/夏/

却有竹中巨人的威风。长起笋子五大三粗,大的能有半米。丰满的纤维肌理,略带苦涩,有十足老成的味道,农家通常用清水煮过后腌成酸笋或晾晒成干,即成为四时烹炒煮炖和饺包馅料的佳品。拿它的成竹段做竹筒饭、竹筒虾,更是竹香醉人。对了,还可做成童年常用的硬币储蓄筒,可惜当今已派不上用场。青叟叶大可包粽子,竹竿可搭防风架,是田园生活靠得住的帮手。

次说青客。称其为客只因它热情无比。青客节骨分明,身材高挑,风韵可人,繁衍迅猛,三两年便长出密密的一大丛来,像急于回馈你的相遇相知。其笋最让人垂涎。不可等它长过巴掌大,趁它还在地窝里没冒出头,看着清早土面上湿润的圈点挖下准成。鲜炒做汤,淡淡的甘甜鲜香,爽脆滑嫩,是舌尖的奢华。够意思的是你挖了它一个笋,没多久它便从边上长出两个来,依然蓬蓬勃勃。

再说青旦。体态修长轻盈,青绿透彻,竹笋淡紫衣袍,像初春竹林的舞者。该笋俗称雷

· 329 ·

笋，我猜是天公炸响春雷才拉开它出场的大幕。立春前后竹丛里每天都会有许多身段亮相，让人眉开眼亮，一收便是一大把。雷笋擅长着壳清煮，放凉后剥去皮壳，蘸点老抽或其他佐料，最是乡野意趣。

还有青侠，也称葫芦竹。个小坚韧，青中带黄，像披着一身风尘。这竹的威力在潜伏于地下的竹鞭，暗中游荡，弗论草坪菜园，何况石缝墙根逮着机会就探头出手，让人防不胜防，一年四季都要为它收拾残局，像结交了一位四处惹事的游侠。葫芦竹曾经是童年的稀罕物，它根端竹节结短小圆浑，呈好看的葫芦串状，成竹的韧性极好，是做钓鱼竿的上等材料。当年看老者手握根葫芦竹钓竿，像侠士手上的宝剑，钦羡极了。这情结一直不忘。

竹以优雅立身，其倔强也非其他草木可比。它不屈服于你给划定的疆域，常越过边界冒头探脑，你铲一棵，它长一丛，搞得你不得不再三忍让。竹好像也跟松鼠有过节，初夏雨后春笋，壮实的新竹刚抽个一两米高，侧枝还没展开,就让松鼠拦腰猛啃,我始终没搞明白,松鼠是为了补充维生素,还是乐于磨牙,或就讨厌长高的竹子碍了它在林中跳跃翻腾的空间。可竹子也倔,全咬断了也罢,只要你还留个三分之一,我就继续长给你看。园里的竹子多带着伤痕,却依然旺盛,像经历肉搏受伤后依然神采奕奕的老兵。

四时风来,家竹总会在悠然的款摆和浓淡的窸窣中传递些古人吟咏的诗句,聊述些让你忘不了它的故事。

闽南石狮的"表情包"

园里的石狮是陆续从古石雕市场淘来的。每次看中下手都因为它可爱,把它们群聚一起,朝夕对视,才发现它们彰显着鲜明的闽南文化的个性和风格,有别于其他门派石狮的独特魅力。

狮子的形象很特殊,同样是大猫,它的社会地位比虎强多了。这百兽之王是跨越地域、民族的图腾,从欧洲皇室到非洲王冠,从皇宫庙堂到百姓人家,都视之为吉祥尤物。不产狮子的中国亦如此。北京狮壮硕雄健,气势威猛,饱含权势的尊严;南方献钱狮精灵巧现,一副招财进宝体态;网球狮张耳咧嘴,凸目斜视,尽显驱邪化吉的架势。石狮不仅是图腾和风水雕像,还是地域性极强的艺术,是民间风俗和

/夏/

艺术情趣的表现。至少在闽南的石狮里可以看到这一点。

这些闽南民间的石狮造像（非庙宇宗祠的守门狮）大都神态憨然，甚至有些滑稽。它们完全以写意的手法刻画雕琢，忽略了物象的比例关系，忽略了西方雕塑强调的通过骨骼肌肉表现的曲线和力量的美。它们更擅长通过表情细节和体态的夸张传神。这也是闽南石狮的艺术价值所在。

你看那石敢当护狮，只雕正面形象，轮廓粗迲中略显朦胧，但它符合微笑曲线的大咧嘴让人看了就不由得要跟着一起笑。还有那摆狮，龇牙咧嘴吐个小舌头，像打趣的调皮蛋，撅了个圆圆的小屁股，逗着你玩。那桥头狮胖乎乎圆墩墩，戴铃铛踩绣球，举头朝天，迎客往来，一派憨厚。再看那卧狮，垂塌的双耳，惺忪的眼睛，略张着圆厚嘴唇的阔嘴，满脸的温雅慈祥。还有两小卧狮，一尊小耳小眼举头仰视，迥然谦卑，一副听命主人的样子；一尊大眼朝天，阔嘴横张，一副趾高气扬、目中无人的神态，性情各异。表情最严肃的要算宋狮了，头上的长毛梳理成当朝的官帽状，挺身端坐，淡定中透着平和，看上去就不是张牙舞爪怒目斜视的恶官、贪官。狮态各表，活灵活现，每一尊都要比那些功利狮有趣、可爱和值得玩味。

我想当年这些民间艺术家们在打造石狮的时候，一定是怀着严肃的心态来设计和雕琢，他一定也相信这作品完成后是要显灵的，可又为什么他们作品的最终表现不是严肃的，而是轻松浪漫，甚至是带了些滑稽？是匠人心性的外化，还是主人心态的物化所致？已不得而知，但这绝对是人性的折射。历史上闽南毕竟不是出大官的地方，官风不盛，不需要依靠霸气来守护权势和富贵，不需要怒目圆睁来驱避大鬼大神。闽南人家有和气生财、以和为贵的生活哲学，大概谁家都不愿意与怒目神兽相伴，性善的内心与和谐的生活更需要既能驱邪避害、启吉纳祥，又能相见甚欢的偶像。这是闽南民间艺术的独特价值。

旱　　溪

友人因善风水而进言："园里该建个水池，养几条锦鲤添添财气。"答曰："有水就能招财这富贵也太容易到手。"我怕园里水面的维护费事，又招蚊虫，拒绝了园里设计水面景观的构想。

流水的确能带来灵气，泉水叮咚能呼应不远处隐约可闻的哗啦流淌的马洋溪，给园里添些野趣。由此勾画了壁泉加旱溪的设想：涓涓细水从石壁流出，跌落汇聚的水潭和溪石，形成潺潺流水的景象后水流渗入地里（流入地下水池再循环），而视觉意象是流水穿过草坪直达旱溪，一路流向生长着紫藤和使君子的拐弯处消失。

旱溪，水的写意，以河滩形态表现流水的意象。一如明代造园家计成所言，"巧于因借，精在体宜",像溪谷的片段,与周边地势景观自然衔接,溪石构成、植物配置,有小中见大的景致效果。入住后,旱溪成了我持续用功的作业。走势规划,溪石的选择和摆放,花草树木、藤蔓青苔的配置,陆续折腾了两年,总算成就了能包容我五湖四海归集而来的大小卵石、能满足小我情趣的园中小品。

自少年起我似乎就与石头结缘,得缘最早的是一块在鼓浪屿美华海边游泳时捡拾的黄色海蚀熔岩。以后不论走到哪儿,机缘所至总会带几块有当地特色的石头回来。搬了几次家,众石头也一直跟着,虽然都称不上案头奇石,却寓寄了许多情感和念想。住进山里,历年收集的石头也就汇聚园中的旱溪,有黄蜡石、九龙壁、寿山石、石英石、珊瑚石、火山石、水晶石、大理石、玛瑙,玉石和雨花石,当然少不了本地的花岗岩、石灰岩,林林总总,每块石头都像是与自己握过手的朋友,有另类的石趣。

旱溪绕茶舍而过,每当在茶舍看书、泡茶或与友人闲聊,偶尔目光游离,与旱溪中的某一枚石块相遇，便会有与之关联的场景或故事浮现，充满其故土的景观风情或同行人的轶事和温情。旱溪也似乎随时光流淌了起来。那白色黑纹的石英岩足有 5 千克重，是从海拔 5000 多米的中国青海省玉树市通天河畔扛回的；那不起眼的灰褐沉积岩是南非好望角海岸捡拾的。几枚孔隙均匀的火山石中，有来自冰岛的乌黑、菲律宾的暗红、印度尼西亚的土白、中国云南省腾冲市的紫蓝多彩；还有中国西藏自治区羊湖边洁白的细晶石、中国福建省内云水谣溪岸浑圆的红色花岗石、澳大利亚黄金海岸上几近玉化的珊瑚石、中国台湾省太鲁阁溪谷内黛绿色的大理石。那是由大跨度地理空间汇聚而来的一条时间的长河，各种石头隐含的地球演变的历史密码虽然只有专业人士才明白，但它们同样组成一条可以任凭我们猜想的漫长的时光河流，如同仰望苍穹一般，让我们会为之感动。就我而言，这还是一条人生的涓涓细流，从中印证着自己的足迹和人生的情感。这便是一般的流水所不能比拟的。

| 夏 |

旱溪承载了时光和远方。人生如溪,有激流奔腾,有暗滩浅流,但流淌过的总会留下痕迹,或沙或石,枯旱时节便如旱溪敞露无疑。就个人而言,生命之河已像水位不断退缩的溪谷,年轻时往前张望的是面朝大海的奔流,有了年纪后的回望,留下的是生命河道上散落的质地、色泽、形态不一的让流年打磨了的如卵石般的记忆,供闲暇时回溯把玩。

旱溪,动感的写意,写给自己。余生还当为远方所惑,执着地行走,不停地捡拾,让旱溪更加丰沛。

笠园茶韵

笠园一垅半野的铁观音造就了私藏的茶趣。说它半野,是因为种下后除了剪枝采摘,便是全天然生长。说趣,是四季间总有些与它相关的日子让人怦然心动。

春时,憋了一冬的铁观音兴致勃发,一副鲜活嫩绿的神态,惹得你手痒,是的,茶园里这会儿已是春茶采摘的繁忙时节,第一波春茶等着上市。茶农的铁观音一年四五收,分称春、夏、暑、秋、冬茶。跟南方的稻田一样,要提升产量便得争取多季多熟。笠园茶的使命在质而不在量,一年一收,看着蓬勃的嫩芽心生欢喜,却要沉得住气,好让茶在成熟的生长中把茶多酚的精气积蓄得更足。

/ 夏 /

入夏后茶树欣欣向荣，中午时分烈日下新叶垂软，清早又带着露水昂扬挺括，像天天做足了运动。高强度日照下叶见浓绿，芽叶肥厚，叶面像涂了层腊，有些急性子的枝条过于出风头，消耗掉太多养分，不得不剪掉。这可不像修剪绿篱般率性，下意识里牵连着枝叶蕴含的滋味，剪根枝条都会咽道口水。

近秋，茶树的生长趋缓，长长的枝干在日渐干燥的气候下挺立，成串的老叶支撑顶端的几片叶芽，把浑身光合作用产生的滋养输送到顶端，这时便可择日子采摘了。

摘下的茶尖洗去尘垢沥干、凋萎、揉捻。揉捻宜匀而不透，只为冲泡时更易出味，不想因发酵提香改变茶叶的天然性状。揉捻后置于秋阳下温热的石桌上晾晒，两三日茶色转黛绿，香气渐出，卷曲肆意，翘首摆尾，看上去与绿茶的妥帖、正宗铁观音的紧凑、岩茶的敦厚和普洱的密实迥然异趣，收拢起来窸窸窣窣，活脱脱是野性的张扬。这样的制茶方式实在离经叛道，但自信这样的茶更具本味。

/ 夏 /

这茶粗犷,下壶要有常量的两倍。开水冲入时并不如正统铁观音清香四溢,但它持久萦绕着淡淡的果香,入口回甘憨厚,入喉余韵醇隽,时常在余味中获赞。

自创的产品舍不得独享,其中的茶趣只能在分享中找到更好的载体,七嘴八舌的品评使茶韵随之丰满,幸运的时候捡到几句恭维的话,更能偷笑起来。

喝着茶入冬,那一垅铁观音还让人惦记着,摘下尖叶后的枝条已孕育出花蕾。茶花的性子不紧不慢,冬至前后茶花才猛然绽放。园里有几株观赏的茶花,朵大重瓣,色艳傲蕊,很是抢眼。铁观音茶花不然,厚实的绿蒂托举四五片象牙白的花瓣端出一丛金色的花蕊,栀子花大小,细闻有淡淡清香,低调、内秀,落落大方,一派村姑的风雅。这时候轻轻地采集晾干,又是一款极佳的饮品。从《本草纲目》始,历代医书药典都记载着它的功效,或茶中添加几朵,或单独冲泡,清甜芬芳比其他花茶顺气,不会有花香盖过茶香的感觉。

人与茶的相处之道趣韵各异,高堂雅室里品上等好茶是一种主体品观的趣味,茶在这里已经与生活一道往精致化走得很远。园里的野茶则是一种由人、环境与茶一起浸泡的趣味,离原始的生态很近,是与节气相随、融化在生活中经久的淡淡的风韵,是一缕寄情、欣赏、互动的感受。

一垅茶,经年趣,春萌夏茂,秋摘冬华,这彼此的关照过程,像年年回放的踩着四季音韵的茶歌。

苔藓和地衣

或许有不少城里人淡忘了青苔和地衣这微小植物的存在,或许有很多人分不清青苔和地衣各自的样貌,这很可惜,因为它们是一个独特纷彩的世界,令人着迷。

苔藓的绒绿、宁静、纯洁和生趣赢得过无数的赞美,寄意青苔的名句让人千百年朗朗上口。"苔痕上阶绿,草色入帘青。""返景入深林,复照青苔上。""应怜屐齿印苍苔,小扣柴扉久不开。""白日不到处,青春恰自来。苔花如米小,也学牡丹开。"当代也有很多名篇歌颂青苔,谈及国内外的苔藓公园、苔庭、苔寺,抒情状物,写尽苔藓的美趣。当今城市里,青苔盆景也像多肉植物一样渐渐地流行起来,青苔的雅趣与多肉的可爱让不同审美趋好的热爱自然的人们有了更多的选择。苔藓的顺应性极强，喜阴怕晒，易生好养，些许留意，就不难找到它们的身影。

地衣的知名度和人气显然不如苔藓强。其实地衣家族的成员比苔藓多，色彩纷呈，有粉绿、黛绿、青绿、橙黄、橘红等。它的形态有紧附石壁如贴身花袍，有长于崖壁如林间木耳，有悬挂于松杉枝干如飘荡的绿笋。它可以在海拔数千米的高原旺盛的生长，造就像川西高原上壮观的红石滩，染红了山谷的顽石，让孤寂冷峻的荒野表现出暖艳的情调；也可以在热带雨林的老树上附着生长，与其他寄生植物一起赋予树木更沧桑的内涵和更丰富的生命体样。地衣比苔藓顽强，它不惧阳光，不怕晒，奈干涸，干燥休眠，雨后复生；比苔藓倔强，依个性安家。苔藓好种植，或成片铲起移植，或用酸奶啤酒调制成营养液，与苔藓末混合涂刷在墙上石上，保持一定的湿度便可繁殖生长。地衣则更需要自个认定的环境，任性而生，把长有地衣的石头带回家，要不如意新的环境就会离你而去。苔藓生性活跃，只要条件合适，呼啦啦一两年长出一大片；地衣生性沉稳，依着自己的生长节奏从从容容，让人心生期待。我家园里三五年就有多处苔藓大片落户，而地衣只因老石头物件的带入继续缓缓地生长。十几年前从冰岛带回的两块附有美丽地衣的黑石片摆在屋里架上，始终是离开故土时的样子，似乎是对太大跨度的迁移保持沉默。我相信它活着，只是在休眠。

苔藓和地衣虽然是不同的物种，它们的大部分生活空间和习性却像一对姐弟一样伴生共存。苔藓偏阴，有丰润之美；地衣趋阳，有刚强之气。它们都被称为"垦荒植物"或"植物拓能者"，因为都有分解岩表的功力，能为其他植物创造生长的条件，是生态圈的源头。生态世界，大有大的壮丽，小有小的精彩，人生亦如此。人类本该有更多的声音，为容易被忽视的"小"唱唱赞歌。

新见黄鼠狼

今早去笠园,还在篱笆外,就见园内绿篱边行道上有黄色动物晃动,定神一看,是黄鼠狼!就在我瞪着的时候,它也盯了我一眼,像朋友间猛然打了个照面,然后它转身溜进绿篱。绿篱的外侧是钢格网,它跑不掉的,我完全可以接近它,但下意识反应到这是它的活动地盘,初次见面不可造次,于是谦谦君子般转身,若无其事地走开了。

第一次亲睹黄鼠狼尊容。圆尖敦厚的脑袋,毛茸茸的耳朵,乌黑的眼珠放着亮光,短小的四肢和蓬松的长尾,一幅帅萌的样子。更具亲切感的是一身几近牧哥(爱犬)的着装,浅棕黄的主体色调,从额下贯穿腹部的白毛,显得典

/夏/

雅而耀眼。看不出是有攻击性的食肉动物，但它分明是猎犬身份的牧哥潜心抓捕的案犯。

难怪近期园里的老鼠少了，难怪园里的鸡常有短促的惨叫并不明不白的死去，没见大的伤口，只是失血过多般干瘪。一切都有了答案。这黄鼠狼的猎物个头太大，而身形较小的它很难把战利品带出高高的鸡舍围栏，只能满足茹毛饮血的嗜好，饱食精华后不得不放弃美味的肉骨大餐。

黄鼠狼在民间一直是很有话题感的动物。它机敏帅气，又因有屁臭（释放恶气）的助攻手段而声名远扬；它动作灵巧优雅却行为狡诈诡异；它既被称之为捕鼠的第一高手，又屡有偷鸡摸鸭的劣迹；它对人类既有隔代记仇的说法，也有倾情报恩的记载，总归民间传说经常拿它说事。就像一位积极活跃、个性突出、优缺点分明的孩子，夸他、贬他都有一大堆理由。但无论是褒是贬，对这个被讷为"黄大仙"的精灵，人们都异口同声地说不能打更不能杀，这大概是最好的结局。如同个性鲜明的人往往能在颂扬和叫骂声中赢得自己独特的生存空间。

黄鼠狼的到来让园里的生态的平衡圈上了个等级，近期生态环境趋好该记上它的功劳。笠园长期放置四个捕鼠笼，在捕获了几只后聪明的老鼠再不上当受骗，正让我发愁。黄鼠狼求真务实，默默地帮我消除了鼠害，果蔬不再被糟蹋，鸡群的家园和口粮不再被老鼠肆意侵扰和非法占有，掩埋地里的厨余垃圾不再被偷盗拖曳，一切似乎都在变好，而成本是支付了接近存栏50%的鸡和鸡蛋，就算是将笠园划入它的管辖领地后的阶段性酬劳吧。自从怀疑有异兽侵扰采取一系列防患止损措施后，黄鼠狼亦不得不改邪归正，鸡舍损失趋零，正效益显著。这平衡的过程正是大自然给咱上演的一场生态大戏。

就此，黄大仙成了这园子招财进福的吉祥物。我虽乐观它的存在，倒也为已在园里安家落户几年的松鼠一家老小捏了把汗，不知道这对冤家能否寻得同生共存之道。相信树上地下的两个阵营能创造出自求多福的边界。这世上适者生存，本无对错，而生者必有其道，也才有平衡的世界。

生命美感的厚度

读辛弃疾词,忒觉得此人的可敬可爱。不仅在于他人格的高尚和宽广,更在于由他心性的厚度带来的趣味和鲜活以及由此构成的生命美感。

那些堪称伟岸的历史人物,或豪迈或放达,或叱咤风云,或胸怀四海,这些激荡澎湃的镜头与文字,在重复展现或慢推特写的渲染中塑造起鲜明的人格特征,但常让人止此于伟大形象的主立面。先前知道豪放派的辛弃疾词的风格沉雄豪迈,记得"醉里挑灯看剑,梦回吹角连营"。"马作的卢飞快,弓如霹雳弦惊。"知道这位毕生志于收复山河的猛士二十出头便率五十余骑勇闯金营,于五万金兵中生擒叛将,以后数次赴任封疆大吏时曾经有过的"金戈铁马,气吞万里如虎"。哪怕壮志难酬,也还"举头西北浮云,倚天万里须长剑",让人深为气吞山河的气魄所动。当然也记得住"稻花香里说丰年"和"那人却在,灯火阑珊处"等名篇佳句。然无知于他在诗词中展示出的更广阔更可爱的一面。新近读着辛词,字里行间显露的宽厚的生命美感着实让人着迷。

"茅檐低小,溪上青青草。醉里吴音相媚好,白发谁家翁媪。大儿锄豆溪东,中儿正织鸡笼。最喜小儿亡赖,溪头卧剥莲蓬。"一幅乡亲的视角,以地道农家的口吻平朴直白地描绘出活脱脱的村居生活场景,让人喜,逗人乐。

"更能消,几番风雨,匆匆春又归去。惜春长怕花开早,何况落红无数。春且住,见说道、天涯芳草无归路。""闲愁最苦!休去倚危栏,斜阳正在,烟柳断肠处。"词中写春意阑珊,写美人迟暮,借春意的感慨表达心中对国事朝政的哀怨,缠绵婉约不亚于任一花间词。

"杯汝来前,老子今朝,点检形骸。""勿留亟退,吾力犹能肆汝杯。""杯再拜道:挥之即去，招亦须来。"还有一首"昨夜松边醉倒，问松我醉何如？只疑松动要来扶，以手推松曰去"，词人醉中与酒杯对话、与松树互动，醉态十足，移情寄物，肆意洒脱，一派旷达天性，风趣情怀。

"诗言志"，"志"蕴含人格内容、道德积淀和人生理想。"诗缘情"，人性的力量和人性的美始终是诗的主体内容。作为军人的彪悍与刚烈，作为乡人的朴实与亲切，作为文人的多情与缠绵，作为隐士的超脱与潇洒在他的诗词里淋漓尽致地展现了出来，让我们无论从哪个层面、哪个角度看都不得不爱他、敬他。

联想起毛泽东的一首缠绵悱恻的词。《虞美人·枕上》："堆来枕上愁何状，江海翻波浪。夜长天色总难明，寂寞披衣起坐数寒星。晓来百念都灰烬，剩有离人影。一钩残月向西流，对此不抛眼泪也无由。"我这般年纪的人多熟读过他众多气吞霄汉的诗词，但对这首代表伟人情感另一面的词作却是在年过半百后才读到。英雄不会没有眼泪，英雄也未必不情意绵绵。

在百姓心目中把伟人高高地竖起，还不如让伟人轻轻地走近，亲切的敬仰往往要比远远的仰望入心。

  诗兴和诗才是人格、情感和文采的体现，从雄浑磅礴至婉约柔情就像歌唱家的音域一样，越是宽广越让人着迷。史上具有如此广阔表现力的文人巨匠不少，但在腥风血雨的沙场厮杀过却又柔情似水的杰出的诗词家不多，他们由诗词传递出的别具一格的感染力，便是深厚的生命美感的体现。

山水诗源楠溪江

因为来了个太守，永嘉的山水出了名。他无非短短的挂了一年职，治郡理政无所建树，却在业余爱好上给永嘉留下了一笔丰厚的遗产，直到 1800 年后的今天，永嘉的子孙们还继续在堂皇地消费着。他早就与永嘉分不开，他由这里开创出中国诗坛的一条新路，也奠定了他在中国文学史上的地位。

有很多景点是因为读了名篇名句让大家有了去的动念，如黄鹤楼、岳阳楼、鹳雀楼。我想去楠溪江是因为有谢灵运，即便此地在中国的景区景点中的排名并不靠前。我想去看看那个曾经让谢太守迸发出如此巨大诗兴的山水。

422 年，出身豪门的谢灵运在京城建康遭排挤被贬至永嘉任太守。孤傲的谢太守云游永嘉山水，一改魏晋晦涩的玄言诗之风，写下了贯穿道法自然之精神、充满清新自然之韵味的二十几首诗歌，开创了山水诗的先河。

永嘉的山水是由楠溪江撑起的。三百里楠溪在括苍山、雁荡山脉间千回万转后流经永嘉中心腹地，注入瓯江。源头连着雁荡，干支流串起了大楠溪、石桅岩、大若岩、太平岩、岩坦溪等众多景区。永嘉的山色近乎雁荡，奇岩叠瀑，茂林修竹，大楠溪却独有风采。楠溪江有三十六湾七十二滩，以秀水婉约，滩林逦迤著称，是竹排漂流的绝佳境地。我是在落日时分上竹排的，本想饱览夕阳余晖下的楠溪江，可云彩恋我，我只能在淡淡的暮色中寻味。这曾经是谢太守领地，或许他因公因私漂流过无数次的楠溪江。

楠溪江的曲调是舒缓的。流域里的奇峰异石虽没有出现在漂流的视野，但江阔水碧，两岸青山逶迤，云水悠悠，壳黄色石滩在绿水和滩林间格外的纯净，或滩岸，或矶渚，或沚洲，

/夏/

间或几丛灌木,几只白鹭栖息翔飞,几群鱼鹰悠然跃潜觅食,叼鱼出水,大有鹤汀凫渚之意。楠溪江漂流有别于武夷山九曲的如诗如画,美得让你啧啧称奇;有别于漓江的水墨华彩,让人如痴如醉。楠溪江漂流宜孤独,宜静,宜迷蒙中忘我于山水之间。漂流的终点在狮子岩,是楠溪江之眼,一大一小的两块岩石坐卧江中形如卧狮戏球,石间有奇树横生,像放大了的盆景,更像是为楠溪江这首诗落下尾联的生花妙笔。眼前的山水该不会与谢太守眼里的景色有太大的差异,大概要比瓯江上那个因谢太守留下了诗篇令李白、杜甫等一干粉丝跟随登临而成为"诗岛"的江心屿要原汁原味一点。今日瓯江两岸的发达和江心屿的崭新面貌,哪怕靠想象也很难找到谢太守登临时的场景,只有永嘉的名山圣水依旧。这让我们更能贴近实景去理会谢太守的诗意。"近涧涓密石,远山映疏木。""密林含徐清,远峰隐半规。""云日相辉映,空水共澄鲜。"便是楠溪江般的清远疏朗。还有他写春天的"池塘生春草,园柳变鸣禽";

写秋色的"野旷沙岸净，天高秋月明"；写冬景的"明月照积雪，朔风劲且哀"等等皆不见浓墨重彩，恰如南朝诗人汤惠休所言："谢诗如出水芙蓉。"

一个乐于游山玩水以致发明了登山鞋"谢公屐"的诗人，因其孤傲而将生命定格于49岁，来不及游历更多的名山大川，但永嘉的山水已成全了他的文学才华，这是他的命，也是永嘉、楠溪江的命。

诗人的灵魂本与山魂水魄相通。楠溪江亦如出水芙蓉，意境宛然，淡淡的让人回味，如谢灵运的诗。

雁荡奇洞

雁荡山名与雁湖相关,据载"上有荡,惟雁宿之"。但雁荡之景并不在湖。雁荡以峰嶂洞瀑叫绝。

雁荡奇峰多经数次火山爆发陆续堆叠、风化而成,是以百万年为程序单位雕凿的时间艺术,或危峰独柱,或奇崖乱叠,移步换景,诡谲善变。如剪刀峰随视点位移变换成形象的"啄木鸟""灰熊""桅杆""扬帆"诸景,合掌峰在夜晚从不同角度可见收翅的苍鹰、恩爱的夫妻、高耸的双乳等形态各异、惟妙惟肖的景观,无不让人惊叹。

雁荡的嶂,方展如画屏,延绵数里,陡崖直耸云霄,嶂面石纹节理纵横,植被随层岩缝隙点缀，威逼中带着亲和，沧桑里带些柔美，嶂崖透露着古老火山运动的密码，宛若历史地理典籍。

雁荡瀑以灵秀著称，或悬练百丈，或泼珠溅玉，或叠瀑徊转，姿态万千。雁瀑最宜静坐瀑底潭边，看落入碧潭溅起的雪般的珍珠随风飘动，如白龙游走，飞舞翩跹。

雁荡四绝中最耐看的是洞。直观而言，雁荡山的洞谈不上奇美，远不如经典的石灰岩溶洞千回百转，深莫可测，石笋钟乳，形态万千；也不如海蚀洞穴的奇特震撼，有海、岸呼应，有浪潮的轰鸣和海风的呼啸相伴。火山运动的特殊地貌造就了雁荡山洞的朴拙。朴拙置于隽美的山水之间，便注定了属于雁荡的独有的魅力。

雁荡的洞多为火山流纹岩裂隙崩塌洞，岩流结构不均匀的风化崩塌形成了众多不规则的洞穴，故有"无岩不洞，无洞不怪"之说。岩流的成分、流向、年代和风化条件导致洞穴形态各异，崩塌的物理作用使得洞口形状和洞壁粗粝斑驳，不如水流作用产生的洞穴那般圆浑巧

/ 夏 /

变。由于生成于火山岩中，坚固敞口，适于居住，物性附上了人性，也造就了雁荡山里随处可见的浸透了人文气息的洞穴。

从灵峰的瑶台看合掌峰，高崖峻岭中有洞一窄一阔，窄长的叫观音洞，阔方的叫北斗洞，窄洞夹缝里的观音寺若隐若现，神秘中似有仙气缥缈。敞阔的北斗洞，褚红墙体与黛灰瓦盖的道观因势叠起，明快地点缀了山体的色彩，道观前葱茏中有灰白石亭翼然，险峻的山崖灵气飘逸。从谷底登近五百级石阶到观音洞，只见一股细泉从百米高的洞顶飘落不大的莲花池，阳光照进池中又反射到洞顶，水落光起妙趣横生。九层的观音寺依洞而建，层层递进，建筑的柔性因洞而显。从洞里向外看，幽谷奇峰，远近高低有异样的风景。再到北斗洞，高四层的凌霄殿飞檐画栋，肃穆宏伟，洞前奇峰环峙，金童、玉女、金蝉脱壳、美女梳妆等景色举目可见，天然造化和人文巧思融会贯通，令人称奇。灵岩的龙鼻洞又是另一番景象。洞高百米，宽十余米，形似举起的象鼻。一条青石岩脉由洞顶延伸至洞底，洞壁残存片片青石形同龙鳞。洞中存有从唐至近代约八十方碑刻，被称之为"雁山碑窟"。沈括、朱熹、徐霞客等名士皆到过此洞并在崖上留下题刻，从篆体至狂草堪称书法宝库。不知当年先生们历尽艰辛登临此洞时内心会何等的荡漾，亦不知何人是即兴挥毫，何人又是回味后的雅兴，把如此丰厚的诗意和书法艺术托付于一个洞穴流传给了后人。去龙鼻洞的游客少，让我能独坐洞内良久，试图接通前人的思绪，哪怕只是一丝幻想。

　　雁荡之洞已超越了地质、文学和风景美学的范畴，有了生活哲学的意涵。火山岩不规则的生长发育过程形成不同的外表形态，有了鲜明的外在个性，洞内坚硬朴拙，能遮风挡雨，有了靠得住的内在品格，让高人名士有了依念；先人处之于洞穴开而不破，建筑藏而不掩，融入山岩而自有本色，相得益彰，愈显风采；身处洞穴静地，得山外满目风景，心若止水，便能任洞外的明丽璀璨或风雨雷暴而处之泰然。于是，雁荡山洞便弥漫开禅意之美，让人思兹念兹。

船行长江

几十年前有过多次在不同的江段乘船过江与长江亲近的经历。或随火车，或随汽车，或搭客渡，每一回船到江心都会凭栏远眺两岸的苍苍莽莽，看浑浊的江水滔滔，任江风猎猎吹拂。在我的心里长江始终是天堑，并没有亲近感。这次船游三峡，母亲河的伟大和温柔才袭上心头。

初夏的三峡江青水缓。电推的游轮静得感觉不出客居船中，稳得常忘了是行走江上，江水干净得亲切，让人心生爱念。一湾玉碧的江水衬底，两岸的画面愈发清朗，让人如置身不尽的画廊。

东方绘画艺术别于西法是能以移动的视点

将景物组织到同一画面，以散点透视表现咫尺千里的境界，船行江上恰如站立画台，心随船动写作江山长卷。

今日三峡的画境与古老的三峡风格迥异，大坝建成后母亲河把她不尽的能量转换成电力给了她的儿女，几百公里的江面上已见不到"乱石穿空，惊涛拍岸，卷起千堆雪"的景象，也难获"千里江陵一日还"的快感和"两岸猿声啼不住"的豪迈，更难涌动起"浪淘尽千古风流人物"的感慨，一路是满眼的碧水含翠、壮阔与秀丽。

画卷从夔门开始。素有"天下雄"的夔门崖岸壁立，倾开峡门迎纳天下来客。门内赤甲、白盐两山隔江对峙，在午时阳光的照耀下裸露岩崖折射出丹褐、灰白不同的质感色调，红装素裹比衬两岸风光。断崖间隐隐可见被誉为"开壁奇功""天梯津棣"的古栈道，临水的崖壁上许多自宋以来名仕高人留下的摩崖石刻，其中赫然可见抗日爱国将领冯玉祥、孙元良的笔墨。

过了夔峡江面忽开忽合。或潮平岸阔，田园草甸，村寨集镇；或重峦叠嶂，茂竹深林，山巅农家。颇具冲击力的是横跨两岸的各式桥梁，江上远近的动态视角，特别是穿越仰视时能感受到的造型美、结构美、力量美是独到的。钢铁水泥构件在巨大的空间下变得如此轻盈柔巧，让人震撼。

午后，江峡中的太阳落入山背，夜幕还没降下，山脊挂上一片彩霞，山里升起些许雾来，把山间的村落笼罩得缥缥缈缈。无月的夜里，船过城镇，灯河灿烂，如琼楼玉宇。进入荒川，眼前是浑然一体的幽暗夜空，消失了水岸边界，消失了大山轮廓，两岸高处的点点灯光与繁星相接，分不清天上地下，游船如在太空中航行。

大早来到船头，船朝正东行驶去迎接曙光。很快火红的霞光和黛青的远山映入微澜的江面，展现写实与印象映照的图画，而映在心里的画面则多了一重幻象。太阳跳出江面，投下了一道光柱。船头的桅杆对着一轮红日，顺着火红中带些碎金的光道前行，奔着朝阳而去。船头桅杆下并没有出现泰坦尼克式的浪漫场景，但此情此景给出的无疑是天地间最有色彩的浪漫。

船驶向的彼岸是既定的,而内心的彼岸却是广袤的。迎着一片灿亮前行,内心如何不霞光万道?

船在黄昏时分进入绮丽幽深的巫峡,两岸奇峰突兀,船在群峰中穿行,时而如大山横江,时而又峡回路转,别有云天。"放舟下巫峡,心在十二峰。"南北各有六峰耸峙,万般姿态,目不暇接。然而最引人向往的还是神女峰。那挺立于峰巅的石柱,似亭亭玉立的少女眺望远方,太阳的余晖淡淡的一抹,光彩夺目。

游船清晨抵达三峡坝区码头,朝阳洒在广阔的水面上,碧中泛银,银中耀金,横卧水面的大坝依稀可见。码头边成群的鱼儿悠游,有报道三峡已成为鱼的乐园,有些以为灭绝了的鱼类又重新被发现。由此,画卷可再添几笔以告收尾。

我不擅作画,却喜欢欣赏画作,见过许多不同年代出自大师手笔的长江画卷,好些经典画面常定格脑海。但今天我拥有的却是自己的画作,即便只是心中的图像,画作里是由母亲河承载着的朝霞满天的千里江山。

诗城白帝

提起白帝城，谁都会想起自幼熟读的李白诗《早发白帝城》，把白帝城和美轮美奂的彩云联系起来。到了白帝城谁又都会将瞿塘峡的壮丽、夔门的雄奇、白帝城的险要以及这山水间的历史遗迹、精彩故事与诗联系起来。白帝城本是一个极具诗意的地方，不仅因为它的风光无限，还在于它是激发豪情的感慨之地，于是历代文人骚客或借景抒情，或直抒胸臆，或怀古伤今，留下了无数的诗篇，故白帝城还有"诗城"之称。

瞿塘峡是长江三峡中最窄、最险的一段峡谷。白帝城雄踞瞿塘峡北岸，如扼守夔门，成锁闭瞿塘峡的坚固城堡，为历代兵家必争之地。

夔门立于瞿塘峡西口，锁全川之水，扼巴蜀咽喉。站在白帝城观夔门，赤甲、白盐两山对峙，绝壁如削，峡张一门，滚滚长江水就在这门中喧腾争流、汹涌澎湃。杜甫诗言："赤甲白盐俱刺天，闾阎缭绕接山巅。枫林橘树丹青合，复道重楼锦绣悬。"如今高峡已成平湖，没有了滔滔江水的汹涌与肆意，没有了险滩暗礁的凶险与恣狂，但峡势依然，门雄如故，一脉青绿的江水，静静地平卧峡谷，只有缓缓的行船掠起道道微澜。白帝城已由半岛变为由一条窄窄的栈桥连着的孤岛，隔岸相望如湖中盆景，一派秀丽。

沿石阶上山，穿过平朴的白帝城山门便是白帝庙，庙门不大却隐隐有帝王之气。白帝庙始为西汉末公孙述割据蜀地称帝后而建，明正德年间改祭江神、山神等，为三公祠，嘉靖年间又改祀蜀汉昭烈帝刘备和丞相诸葛亮，为义正祠。庙堂本为一体，为历代政治所用。庙门几经风雨重建于清代，沿袭明代风格。阶下立一对威猛石狮，牌楼式高高的石拱门洞，两侧八字斜开的照壁饰于降龙云气和宝瓶图案，照壁外侧两柱端坐瑞兽的华表矗立。竖额隶体的"白帝庙"用蓝点白瓷镶嵌，周边五龙环绕，华彩端庄，颇有腾翔气势。庙内有明良殿、托孤堂等，所陈设祭祀的都与三国时蜀汉君臣相关，这些故事在民间多已耳熟能详。让人唏嘘的是，当年雄踞白帝城的君王们并没有因地势险要而保属地永固，白帝城最终只能寓意成忠义的象征。苏轼拜谒白帝庙后发"犹余帝王号，皎皎在门楣"的感慨，大抵如杜甫之诗所言"英雄割据非天意，霸主并吞在物情""群雄竞起问前朝，王者无外见今朝"。

　　白帝城和瞿塘峡的气势景象让古人豪爽过，最经典的莫过李白的"朝辞白帝彩云间，千里江陵一日还。两岸猿声啼不住，轻舟已过万重山。"但那是诗人在白帝城赶上了命运的变局才创造了如此乐观的语境。更多的则像老杜的"风急天高猿啸哀"和白居易的"山回若鳌转，舟入似鲸吞。岸合愁天断，波跳恐地翻"，面对险山急水内心惶恐。足以见得成其为"诗城"的历史

| 夏 |

传奇和自然造化对诗人心理的强大冲击力。

因为随船游白帝城,好多景点只能匆匆而过,站在城头远眺夔门,记忆中隐约浮现的刘禹锡、陈子昂、陆游等诗人的名篇金句,让我似乎能以超然的心境看到"东晴西雨""水烟西月""日落江晚""白帝微雪"等一幅幅古人眼里的诗意画境。今日已然的"高峡出平湖,神女本无恙",又不禁让我联想起杨慎的《临江仙·滚滚长江东逝水》:"青山依旧在,几度夕阳红。"

鬼城印象

丰都鬼城,鬼国幽都。这个起源于汉代的阴曹地府,传说为人类亡灵的归宿之地。内设"阎王殿""鬼门关""阴阳界""十八层地狱"等一系列阴间机构,各关卡的鬼神狰狞怪异,刑具恐怖至极,处置手段血腥残忍,阴魂四处飘荡,哀鸿遍野。踏进鬼城想必阴森可怖,让人头皮发麻,心背发凉,毛骨悚然,不寒而栗。然而,非也。

地处长江边名山上的丰都鬼城以其悠久的历史传承、独特的文化积淀、神奇的鬼神故事、秀美的山水风光和集传统建筑、雕塑、绘画于一体的观赏价值,成为别具一格的游览胜地。长江游轮岸上游览的第一站便是此地。

| 夏 |

乘缆车上名山,迎面便是一道回廊状山门。启功题写匾额"中国神曲之乡",两侧联提"丢不开世间名利何必登名山把酒论道,浇得尽心中块垒方可对二仙吟诗读经"。好一个神曲之乡,但丁在完成《神曲》这一划时代巨著之前的近半个世纪,在遥远的东方一个借阴界故事反判现实的实景载体已经出现。从地狱到炼狱中的罪孽、酷刑,到行善者的天堂都何其相似!《神曲》原名《喜剧》,阴森的鬼城借鬼神吟唱民间歌谣而变得明朗和轻松起来。而这里的山门如扉页般以对联的形式对来人做了个轻松的心理疏导,示意心存富贵之欲、带挥不去的心债者不宜入内,反之,名山便是与神仙把酒论道、吟诗读经,尽洗心中块垒的欢乐之地。人潮中许多人不看楹联懵懵懂懂地进去了,有些人看得出略显怯意,更多的人则是一路欢笑,如读《喜剧》。

丰都鬼城并不因为有众多鬼神把门而冷落,依如其他热门景区人潮涌动。"鬼城走一走,活到九十九。""走过鬼门关,一生都平安。"导游两句顺口溜让游客的脚步变得欢快。过奈何桥，跨血河池，进鬼门关，走黄泉路，上望乡台，到天子殿，赫然一个黑底金字的大匾横在门上："神目如电"。想人潮中当有人内心如坐过山车般的颠簸与震撼，大抵中国千年鬼神教化的现实影响不至于荡然无存。

鬼界的趣味性出人意料。其社会管理机制和司法体系何其严谨，主要领导丰都大帝把阴界分设五个大区，各设一位行政主管，属于地方机构。委托阎罗王分管地府，下设十个部门司行审判和刑罚。条块结合，网状管理，还有一些业务部门如轮回司、判官司和阴曹司等负责不同的业务板块。很多人并不明白，好多老城都有的"城隍庙"实际上是阴曹司官员城隍设在阳间的办事处。如此复杂的社会管理体系，阴阳两间都搞不清楚谁抄袭了谁的行政专利。鬼城也浪漫，各路鬼神在狰狞的表象下都会有许多滑稽的表现。酒鬼的大肚腩让那些渴望增三倍酒量的阳间酒徒抚摸得油光四射，莫非鬼也乐于拥有这样的粉丝？导游说，景区五点关门,怕的是天黑后游客活见鬼,于是有人问夜间景区的保安是否身份也转编为阴间的公务员?引得众人大笑。

一如《封神传》《西游记》和《聊斋志异》等鬼神文学,丰都鬼城以它特有的形式表现了中国传统的人文、道德、宗教等丰厚的文化,在虚幻中蕴含了几千年对社会的深深的、严肃的人伦善恶思考,现在看来它将以艺术哲学的形态给人以心灵的洗涤和生活的喜乐。

秘境神农架

与很多人一样,我知道神农架是缘于野人的传说。多少年来这个神奇的地方是否存在野人一直是吸引人的话题,人们提起这一或有的类人物种要比那些神秘湖泊的水怪来得传神,或许因为是人类的近亲,哪怕只是传说。当然,神农架的传说不仅于此。旅行之前做了些功课,知道炎帝神农氏曾带领一个部落在这里"尝草别谷,以教民艺;尝草别药,以救民天"。即便此事的真伪至今尚无证可考。这里发现过30多种白化动物,有白熊、白蛇、白龟、白獐、白脊、白喜鹊、白金丝猴、白秃鹰、白黄鼠狼等,但导致这种罕见的异化现象的缘由却不得而知。作为华中屋脊的这片土地有着许多古老的传说、

/夏/

美丽的神话,神秘是美感扩张的空间,正是神农架的魅力。

初夏的神农架莽莽苍苍、浩浩渺渺。金猴岭原始森林古树参天,老藤攀缠,流泉飞瀑,枯木横卧,厚厚的苔藓覆盖了溪边的一切。林子里茂密的箭竹占领了地面空间,据说这里是金丝猴出没之地,却不见金丝猴踪影,栈道边一路立着"熊、野猪、金钱豹出没处,请注意安全"的警示标牌,往深处望去,遮天蔽日的密林间几道阳光穿过树冠斜照进来,晨雾升腾,像神秘的幻影,偶尔看到箭竹在动,该是有动物在其间走动,陡然添了几分好奇和惊心。可惜我们除了听到悦耳的鸟鸣,再没得到更多的惊喜。

转而来到神农谷。神农谷地处神农架南北气流通道,气象瞬息万变。谷口下临深渊、壁立千仞,重峦叠嶂、石林耸峙。顺着山道前行,只见下行栈道口立了个警示牌,告知穿行谷底线路长近4500米,起落陡峭,极具挑战,谷底不通电讯信号,要游客自我评估,不得轻率进入。禁不住好奇心的驱使,我们进了深谷。迎客的先是一片独特的高山草甸，满山遍野的仍未转绿的箭竹如金黄的毛毯覆盖山坡，亦如蓝天白云下的一抹底色。远处随意生长着一片片浓绿的巴山冷杉，箭竹间一些连片或单株独立的高山杜鹃开得正旺，浓淡不一的粉紫把山景点缀得妖娆。下往谷底，不同的岩石构造和样态纷呈，怪石嶙峋，或像蘑菇、竹笋，或像神兽、野人，穿行期间真希望哪块"石头"突然动起来，能证实野人的存在。大概受入口警示的威慑，我们在峡谷里攀行近四个小时只见到六位行者，清空丽日下的寂静山谷仍处处显露出它的神秘与奇幻。

去大九湖那天正赶上小雨天气，广袤的高山湿地烟色迷离。远山挂了些云絮，近山不同种系的树木染出深浅调性不一的绿彩，几丛白花盛开的野海棠远近错落，衬起山体的丰满多姿。湿地里菖蒲、拂子茅、苔草、木贼等正猛烈生长，有些湖区已呈一片新翠，有些区域新芽刚出泥面，经年苔草如麦浪般金黄，在周边新绿的映衬下显得柔软而温馨。一些叫不出名字的紫色、黄色草花成片开放，点缀出大九湖的亮丽。我没有刻意去发现野生动物，却有野鸭带着它的孩子悠然地出现在身边，从容地嬉戏觅食，在我为它们拍完系列照后才排起一字队形扬长而去。因为是神农架，在这和颜悦色的画境里总会产生些神奇的联想。走在云烟缭绕的山边和细雨弥蒙的湖畔会不会突然就见着一条白蛇或一头白獐？在齐肩高的苔草间，有大个头的禽鸟就在离你很近的地方肆意啼叫，或许就是一窝美丽而珍稀的鹳鹤，走近几步轻拨苔草或可窥得其真容，可是我的脚步又止于"谨防毒蛇"的标识。

从大九湖回来，天已放晴。雨后的神农架一片云海，近处的云流随山势涌动，如排山的云瀑，斜阳透过更高云层的间隙投射下来，把云海上远山的森林照出一团团的碧翠，如山间镶嵌的宝石。如果说仙境常让人陶醉于诗情画意，而秘境则让人沉湎于时空交混的意趣与幻想，眼前的景观也一起变得更加扑朔迷离、如梦如幻。

炎帝或许真的来过这里，在与蚩尤的征战中此地既有险可守又有高山平原可以种粮屯粮。

野人也许存在，这片与世隔绝的原始生态王国应足以维持他们的繁衍。

世上因为一直有谜，才给人无尽的向往。我希望那个最神秘的螺旋套大峡谷永远走不进去，永远保留着那些神秘的传说。秘境对于学者是探索和发现的领地，而对于更多的人，秘境却是放飞想象和好奇心的圣地。如果哪一天大自然的一切都坦露得一览无余，这世界将会变得多么的乏味。

天坑与官驿

武隆天坑在1000米左右的范围内有三座自然形成的石拱桥,取名天龙、青龙、黑龙,是亚洲最大的天生桥群和世界上规模最大的串珠式天生桥群。游客络绎不绝。

乘观景电梯下到峡谷,侧向进入天龙桥桥洞,晦暗的黑褐岩体裸露,象形石附壁,有小股飞泉从洞顶洒落,如一片珠帘。洞口远处云雾缥缈的山崖景色如镶嵌在巨大的石头相框的画面,先露出半幅,然后随脚步移动扩大,桥洞也逐渐宽敞起来,露出了神奇的面目。只见百米高处桥底洞顶平平展展,天桥墩壁竖直,构成几近方正的桥洞,宛如人工造就。洞底的碎石渣土,如久未清理的施工现场已长了些苔

|夏|

藓和草木。天龙桥是一座双拱桥，由一个桥墩、两个桥孔构成，桥高过两百米，桥厚、桥宽近150米，拱高百米，跨度有三四十米，站在哪个位置都看不到它的全貌，大有神龙见首不见尾的架势。天龙桥是三桥中最形象、跨度最大的一座，据介绍其高、厚、宽度在世界天生桥中居老二之位。宇宙自然的能巧之手是如何创造出如此巨大又如此规整的桥梁工程的？真让人不解。

天龙桥的另一侧洞口便是羊水河峡谷，浅浅的河水曲曲弯弯，一条可以行车走马的山道沿着河道消失在峡口两端。这河这路连接了天龙、青龙、黑龙三桥和神鹰天坑等串珠式天坑，以及龙泉、仙人等众多溶洞、流泉飞瀑，不知自何而来也不知何往，似乎就连接着神秘的远方。

在坑底道边坐落着一个由高低错落、大小参差的厢房围合的大院。青瓦灰墙、飞檐翘角，屋外立了面高高的红幡，像是天坑里的主人，在万丈高崖之下又显得渺小而孤单，周边乱石峥嵘，林木苍翠，弥漫着阴森肃杀之气。这经

/夏/

典景观的出现立刻让我想起《满城尽带黄金甲》影片的那些镜头：几个黑衣飞侠驾溜索从崖顶速降院内，开始了一场惊险血腥的厮杀。是天桥天坑的奇幻让影片选择了以此地为外景，却也因为这影片让很多人知道了武隆天坑。绕过取景拍照的长龙，我快步来到了院口。只见门匾写着"天福官驿"，周边的幡旗和灯笼一并烘托起"官驿"的身份。斗拱雕梁，木柱格栅，屋瓦有青苔细草，里外古意扑面。仰头张望天龙桥如倒扣的山体，威压连带着惊心直逼而来。"官驿"即官方建立的驿站，负责传递公文书信、紧急军情，接送官员、管理贡品运输并兼管追捕罪犯和押送犯人服务等事务，好事歹事都在这交接。《黄金甲》影片中皇帝、太子返都途中也住宿于此，并比剑论道。一个藏身荒谷深壑的是非之地会潜藏多少春秋岁月遗落的精彩故事自然让人好奇。这个世界自然遗产地似乎因此多了些文化遗存，在山水纬度中编织进了历史的经度，形成一张更具诱惑力的网。

而其实，这官驿是为拍摄《黄金甲》按剧情

的历史背景修建的，就二十多年历史而已，包括门前的这条看似自隋唐起就连接着全国交通网络的古驿道。但这不要紧，多数的旅客和我一样更愿意相信这是真的，哪怕是原地复建。即便官驿里没有任何的历史真迹，在这里站久了也会想象出许多快马飞递、刀光剑影、侠肝义胆、报仇雪恨的故事。一切都合乎情理，正因为这建筑与环境融合得恰到好处，这官驿的存在和可能发生的故事与人们潜在的兴致匹配，为本就充满魅力的景区锦上添花。

历世历代总有人希望在名山大川中留下自己的印记，特别是权势之人，而这些印记恰成为荣耀或耻辱的判台。我们曾经在许多景区看到画蛇添足的建设，往往让人扫兴而生厌。武隆三桥的天福官驿却留住了很多游客的脚步，走过以后还想着这坑、这峡、这驿站的故事。

紫阳流风

车还在塘堤上奔驰,已望见一位白色的巨人立于葱郁的山麓颔首凝思,脚下壮阔的荷塘一直延伸到堤岸,似乎他就在跟前。荷花怒放,莲蓬累累,晨风中荷叶轻轻地翻动,放下车窗便涌入满车的莲香,让人心驰神往。

车到村口,眼前一片参天古树,溪边有四棵合抱一起,树下一块巨石刻着"朱子手植"四个大字。到了,五夫镇。

这是一个青山环抱,有籍溪和潭溪穿流而过的小镇,900多年前一位14岁的少年因托孤随母来到这里,从此这个坐落于武夷山脉崇山间的村落就注定不再寂寞。这位少年便是继孔孟之后的文化巨匠朱熹。有诗曰:"东周出孔丘，南宋有朱熹，中国古文化，泰山和武夷。"

记载着中国文化浓墨重彩笔触的五夫镇在历经近千年的党争、兵燹、风霜雨雪的冲刷，虽次次重建和修缮，至今存留下来的完整的老宅并不多，庆幸的是那些记录了朱子及理学文化传承的活物、遗迹、建筑和街巷还在，还足以告诉我们历史上有过的精彩。

同许多古老的村落一样，溪水被分成数条支脉沿街巷流淌，维系着民生，也带进了灵动和飘逸。1000多米的兴贤古街，由籍溪、儒林、朱至、紫阳等六个街坊组成，那些草长藤悬显尽沧桑的过街牌坊透过匾额记下了这街巷曾经的儒雅和风流。"五夫荟萃""天地钟秀""籍溪胜境""紫阳流风""三峰鼎峙""天然道国""邹鲁渊源"等各有它的故事。

坐落籍溪坊的兴贤书院肇建于南宋孝宗年间，曾经是朱熹弘讲理学，以文论道之所。清时重建的书院为徽派建筑，门楼飞檐层叠，横匾朱红浮雕"洙泗心源"昭示孔孟学脉的传承。门饰砖雕泥塑彩绘花鸟人物，寓意多为鼓励弟子发奋读书、功成名就，蔚为壮观。门楼屋檐上罕见的供奉着"状元、榜眼、探花"三顶乌纱帽，更是"学而优则仕"的昭告。

中和坊与儒林坊间窄窄的朱子巷夹在由粗粝斑驳的老屋高墙间，路面卵石走磨得精光滑亮，不知道是否还是900多年前少年的朱熹往来书院、携徒探友、寻幽问道踩踏过的那些卵石，但这巷子一定是。小巷悠长，一巷三曲似乎记载着朱子的沉思与从容。

凤凰巷内的朱子社仓是朱熹为赈济灾民于南宋乾道七年（1171）创建的。在春夏青黄不接时赈放粮种，冬秋偿清存放，大利于民，开创了南宋救荒的先河，朝廷还将朱熹所呈的《社仓法》颁诏行于诸府，被誉为"先儒经济盛迹"。社仓竣工时，朱熹曾亲在仓壁上题了一首警诗："度质无私本是公，寸心贪得意何穷。若教老子庄周见，剖斗除衡付一空。"借以劝诫社仓管理人员。此意移植今日作警示教育仍切合时宜。

出了古街，我们来到位于屏山脚下潭溪之畔的紫阳楼。周围古树苍茂，屋前是半亩方塘，屋后是青翠竹林。屋塘虽为当代复建,还是传递了历史的场景。朱熹从15岁起定居于紫阳楼至晚年,据说那首被引用了近千年诗句"问渠哪得清如许,为有源头活水来"就是在这里写就的。眼前的紫阳楼已没有他抚摸过的门垛和踩踏过的门槛,但他的灵魂会在,这位不朽巨匠终究不会离开这片故土,紫阳楼边他当年亲手栽下的那棵香樟,已守护千年。与苍劲的香樟合抱的还有两棵金丝楠和一棵椤木石楠,在它们的一侧,由他的弟子种下的成片的古木都已成参天大树。

紫阳楼的不远处,少年朱子常渴饮和倚石读书的灵泉仍在汩汩流淌,泉边一口水瓢,访客无不尝饮以接灵气。这清澈甘甜的泉水已滋润过多少心田?不可估量。

乌镇的桥

尽管"小桥流水人家"随四时心境而着上不同的色彩,但它总是一幅让人动情的水乡图画,近景是桥,桥让水有了生气,桥带来了岸边的烟火,就像乌镇一样。乌镇因它的众多的桥绘就了无数的画。乌镇的百座桥,把几十个岛屿编织成水乡,便有它依水设街、傍水设市的绮丽与繁华。桥是乌镇的核心意象,观桥、赏桥、读桥,似乎就可以读懂乌镇。

号称"百步一桥"的乌镇,据载宋朝时期有桥72座,至清乾隆年间有123座。乌镇的桥跟着历史起落,从原始的竹桥、木桥更替到砖桥、石桥,随时局兴衰、河道的填堵开挖拆毁或复建,至当代还从周边乡间迁移入古桥,使今日的乌镇古桥荟萃,成了水乡景观的亮点。

乌镇多桥,形神各异,拱桥板桥,单孔多孔;廊桥亭桥,斜桥曲桥尽显风雅。如一弯飞虹,如一梁横卧,或凌空跨越,或贴水漂浮。由时光披裹苍苔,任老树攀附虬枝,一身的古朴,一身的深邃,一身的飘逸,一身的持重。有简约的桥,几条粗犷的石板蕴含原始的力量,更有许多精致的石桥,以六个体面的艺术来展现它的高雅与涵养。桥的栏杆雕有石鼓祥云,石狮瑞兽,顶端面有八卦飞轮,两侧有浮雕的花饰图纹、桥名和对联,因水为道,桥洞便是寨门,两侧便有雕花水栅栏石枢,像城头卫士的胸章。乘船穿过桥洞,可见桥拱的顶端也有栩栩的浮雕,如通济、仁济双桥的双龙戏珠和鱼跃龙门,一座桥就是一件值得细品的古玩。你看那咸宁桥,本是石板竖为墩横为梁的平素的石桥,可在桥墩两侧俯卧着四只青石的圆融异兽"蚣蝮",意在"镇水怪,保平安",这一呼应,使简约的桥神形兼备,妙趣横生。

每座桥都有它的故事。定升桥是一座三孔

|夏|

圆拱石桥，桥全长 24 米，是景区最高的桥。相传"八仙"中的吕洞宾在此地卖过"糯米糕"，有一名赴京赶考的书生买了一块无馅且没熟透的小糕，被路人笑傻。吕洞宾当即给了他 10 个字。一月后，该书生中了状元并悟出了其中的道理。"生糕不足奇，糕生在今朝"，寓意"升高"和"高升"，莫贪便宜必得助。今日的桥头，桂花糕和定胜糕生意依然红火，只是不知谁人买过生糕中过状元。逢源双桥是一座别具一格的廊桥，桥下有水栅栏，系古时水路进出关卡。传说过双桥有男左女右的习俗，来回须分走左右，便可左右逢源。站在西市河的逢源桥上可见东市河远景，让人在眺望中能生出多少踌躇。

  船穿行桥间隐约能看到好多桥有对联，可惜没有描红，有些只能猜出三两文字，反倒留给游人即兴填词的朦胧诗意。通济桥桥联可考，南联曰："寒树烟中，尽乌戍六朝旧地；夕阳帆外，是吴兴几点远山。"北联曰："通霅门开数万家，西环浙水；题桥人至三千里，北望燕京。"道尽了乌镇的风水典故、人文志向。

  入夜的桥，有些倚河融入了桨声灯影，笙

歌酒肆，有些则悄然傍柳随风，卧听蛙鸣。我想象着，这水乡的桥赋予的深深情感，从石桥的趣到鹊桥的缘、廊桥的梦到心桥的思，每座桥都会给人些许联想些许追忆。如果能回到从前，我会带上乌镇的青梅汁，与女友相约在深深水巷的小桥，海阔天空地聊，直到星月一起落入河中。

别墅的炎凉

避暑本是夏季的享受，特别是在还没有空调的那些年代，于是中国南方的几处凉爽之地就让有钱人惦记起来。莫干山居浙北近江沪，自19世纪末山里盖起第一栋别墅后，逐渐发展成一个特殊社群。景区内至今有清末至民国别墅250多栋，被称之为"建筑博览馆"。

中国因老别墅的存留而号称博览馆的地方还有几个，比如鼓浪屿、八大关和庐山牯岭，相比之下莫干山是度假型别墅，建筑主材多用当地石木料，建筑体量较小，以欧美乡村别墅风格为主，各国建筑的代表性并不特别鲜明，但别墅承载的历史和故事使这些建筑叠加了传奇的色彩，这色调或冷或热，如世态炎凉。

1896年英国商人贝勒进山开建别墅后，英、美、法、德、俄等国的洋人迅速跟进，二三十年间莫干山就有了150多栋别墅。山上还建了基督和天主教堂、小学、银行、邮局、书馆、酒店、游泳池、网球场和洋人公墓，西方的生活方式在被他们称之为"消夏湾"的莫干山上几近配套完备。

1928年，民国浙江省政府着手从洋人手中收回主权。此后到抗战爆发，军政要员和工商大亨纷纷上山建造或购买别墅，莫干山成了民国新贵、江浙沪富商、帮会巨头的避暑天堂，号称民国"夏都"。

中华人民共和国成立后别墅收归国有，主要为干部修养所和招待所，除经典别墅外，多数成为散落山间的阶级教育样板的残墅颓楼。

改革春风吹入莫干山后，别墅渐成莫干山旅游繁荣的载体。如今国有酒店和私营民宿异彩纷呈，强档借助历史题材和建筑体式，带火了莫干山的旅游度假产业。熙熙攘攘的游客更多的不是前来鉴赏别墅，而是感兴趣于发生在三栋别墅里的故事。

1927年12月，正值风光的蒋介石和宋美龄在上海举行婚礼之后带着200多名保镖、随从浩浩荡荡来到莫干山度蜜月，入住白云山馆。山馆本是曾任民国外交总长、上海市市长的黄孚从英国人手上购得的，借与他的拜把兄弟蒋介石欢度甜蜜时光。1937年3月，蒋介石又住进山馆与时任中共副主席周恩来举行了第二次国共合作谈判。这栋位于芦花荡公园坡顶的两层别墅，不规则块石垒筑的墙体，翠蓝色波纹钢瓦屋面，中规中矩的柱栏门窗，在高大的松枫浓荫掩映下显得低调而温馨。室内的陈设一如当年样式，蒋宋的卧室和作为客房的房间同在二楼，仅隔着一条窄窄的走道。谈判就在隔间的书房进行，蒋介石在此同意周恩来制定共同纲领的提议，促成了两党的合作。我们来得早，楼内只有三两游客，大家轻轻地走着，陈年的木地板噗噗作响，有如历史的回声。出了小楼，阳光透过树隙投进斑驳的光影，照在黑灰白黄不同颜色交混垒砌、大小不一又极富自然肌理的山馆石墙上，幻彩陆离，盛夏雨后的莫干山飘过阵阵清凉，颇有冷眼向阳意味。

松月庐别墅是蒋介石官邸。1948年7月，蒋介石为挽救风雨飘摇的政权，上莫干山住了个把月，云集经济幕僚于松月庐召开币制改革会议，决定发行"金圆券"，推行"新经济政策"。人意与天道的悖逆，新经济政策以破产告终，"金圆券"助推了蒋介石政权的垮台，松月庐成了见证。松月庐坐落于武陵村核心区位，武陵村地势高旷，环境幽静，宛如世外桃源，故借《桃花源记》得名。松月庐因周边古松密布，阳台形如半月而称，站立阳台可俯视半山竹海，绝佳的风水和满目的诗意终究不能救蒋介石于水火，看着楼内当年实物的陈设、历史图片和说明，以及展示柜陈列的一套套崭新的金圆券，无不让人唏嘘。

莫干山皇后饭店的126号别墅，上下两层高大的窗户系大跨度圆拱，由黑灰块石拼砌、条格状木玻璃窗框，形同窑洞。或许是这个能唤起伟人对往日历程记忆的意象，成就了它今日的耀眼。1954年3月,毛泽东在杭州主持制定中华人民共和国的第一部宪法期间上了莫干山,中午就在这别墅里用餐小憩。毛泽东在山上的时间不长,却心情畅快,欣然题诗曰:"翻身复入七人房,回首峰峦入莽苍。四十八盘才走过,风驰又已到钱塘。"似乎历史的苍莽和曲折如风驰电掣,时代变化之快让伟人的诗兴又起。

一座高不过千米的莫干山因为有了这三栋小楼,记录下一份"共同纲领",一次"币制改革",一首诗以及和诗背后的新国家的第一部宪法,演绎出中国近代革命进程的缩影,当远非别墅的历代主人所能预料。

而莫干山从洋人的"消夏湾"到民国的"夏都",到今日的避暑旅游胜地,这一群隐匿于丛林竹海间的别墅,也因装满世事的炎凉而闻名于世。

屏 山 行

屏山峡谷并不见独特的景观,崖壁还是那般陡峭,还是那一条几乎所有峡谷都会有的栈道、盘虬的古藤和苍劲的老树,当然还有喀斯特地貌会有的钟乳垂挂。初夏的山崖,晨阳初照,浓绿轻翠,层叠氤氲,极尽展现大山磅礴的生命。

屏山峡谷出名的不是峡谷,而是谷底的那条河。此行来之前曾琢磨着,已走过了几个著名的峡谷,屏山还去吗?犹豫中让屏山的一条广告语打动——"中国的仙本那"!仙本那我早年去过,翠玉岛、玻璃海、奇幻珊瑚,斑斓的海底世界。其实热带海洋景区众多,也不乏相似的景点,可是在山谷中,流动的溪,峻峭的谷，能有类似的景观似不多见。再看网上晒出的图片，屏山溪谷，如翡翠如意，水至清，船浮于水面，太阳直接把投影落在溪底，如同把船托举到天空。船和人在水面的倒影变得隐隐约约，如同与山谷剥离一般，神奇而缥缈，有"舟悬浮"的称呼，这如何不让人升起一睹为快的冲动？可惜到达前两天下雨，河水微浑，辗转而至却没能见着这独特的悬浮景象。溪水"浑"了，却也浑得碧绿，浑得让人喜欢，我们见不到玻璃般通透的水，倒像是从玻璃板侧面映透出的颜色，绿得发亮。许多游客还是兴致不减，租了船漂浮水中，摆弄出百媚千娇姿态让岸边的同行者不停地拍照。有一位女孩悠悠地唱起了山歌，我听不懂方言的歌词，但见她的神态和岸边男人的情感互动，猜得出唱的是首爱情小调，女孩的服饰艳丽而不俗，戴着缀花披纱的太阳帽，与一叶扁舟一起倒映在碧绿的水面，组合成一段情景交融、画面感极强的浪漫影视片段。离开这段溪谷，我突然想起王徽之雪夜拜访戴逵的故事，本是乘兴而来，兴

| 夏 |

尽而返,何必一定要见到戴兄呢?唐朝武臣诗人高骈有一回拜访隐士不遇,留下了"惆怅仙翁何处去,满庭红杏碧桃开"的佳句,不也如我今日千里迢迢慕"舟悬浮"景色不遇,却也见着了红杏碧桃一般,兴尽而返,不虚此行吧。

接着,谷底这脉翠玉般的流水带我们进入了一道地缝,两岸绝壁划出蓝绿相照的两条飘带,忽宽忽窄,或如丝线,或若新月,俯仰间飘飘然,恍若浮游于峡谷的云。峡谷出口的摩崖上一幅未经风雨洗练的石刻"山高水长,此斯万年"看上去有些生硬,倒也抚动了"浮生易逝,莫负江河"的心念。

下午天晴,逛荡到村边河滩,五彩石滩托衬青绿的流水,随处可见色彩斑斓奇形异趣的石头,内心里只能不断劝诫自己抑制住对俯拾皆是的爱石的欲念,像是心智的磨炼。小坐河滩与山水做伴,听天籁唱和,看雨后的几朵白云悠游,几行白鹭翩跹,像有谁诵读起苏东坡的《过七里濑》,"水天清,影湛波平。鱼翻藻鉴,鹭点烟汀""看远山长,云山乱,晓山青",

发呆中懵懂地进入了苏大侠超尘脱俗、出神入化的诗境。

屏山行，写不出诗来，却也悟到了不少诗意，如随诗人远行一般的快活。

梭布垭石林

比起其他石林，号称世界最古老的奥陶纪石林梭布垭石林更显灵性。它不如昆明石林在规模和高度上的气势，场面上的壮阔，却独具一格地涌动出生命的灵气与海的磅礴。

这里曾经是海，历经 4.6 亿年的抬升和风雨剥蚀，造就了最具有海的魅力的山石景观。一桩桩石柱立在那里，却以横向连贯、呼应柔畅的纹理和跌宕起伏的流线表达出海的力量，流线贯穿石壁石林，时而汹涌连绵，时而平波轻荡，光影交织，苔攀花缀，老树虬曲，古藤盘缠，有如热带海洋般的幻象。

如果说昆明的石林更像欧洲古典塔式建筑，彰显纵向肌理，给人以升腾之势。梭布垭石林则更有中国古塔之风，在高耸的形体中突出层层檐构，以横向线条表现体感的饱满和整体张力，在壮美中更具亲和。昆明的石林给人更多的是抽象性的震撼和神秘，梭布垭则更多地给了具象性的激动和遐想。

行走在梭布垭深深的林谷中，像在时光隧道中穿行，那些被时光雕琢成的石人怪兽，都在讲述些或魑魅魍魉或人间童话。抬头仰望，嶙峋的山形，多样的附生植物构成流离的光影，勾勒出变幻莫测、形神具备的天际图画。尽管景区导游给了很多象形的启示，但这不够，人在谷底，十个人就会有十样精彩的联想。

我们的运气真好，已是绝佳的初夏，景区里依然游客寥寥，一道道幽深的山谷静谧得让人心生幻觉。在石林中徜徉，人若游鱼，石壁的藤苔萝蔓像漂浮的水草海藻，地缝般腾出的天空远远的，蓝得特别深邃，地缝边露出的青绿的树冠，在斑驳的阳光下闪耀着绿光，好像在告诉你那里有神奇的陆地。我找了个天空稍

/夏/

大的谷间坐下，仰望浮云悠悠，偶尔几声鸟啼，几声虫鸣，几声蛙叫，我轻轻地闭上眼睛，细细地感受石林里若有若无的风，神魂似乎都游离起来。山算什么，海算什么，世间万物又算什么？是时间的神奇，时间的伟大，时间能创造一切，改变一切，也能毁灭一切。在时光的长廊里，人更是羸弱不堪，渺小至极。人还有什么放不下的？有什么怨恨不能交给时间，有什么偏见、误解、悲伤和忧愁不能交给时间？时间能宽恕一切，时间能解决问题。转瞬即逝的时光告诉人们当抓住点滴的美好，珍惜它，哪怕是匆匆的伴随，短暂的人生便也幸福充盈起来。这时我突然想，如果我能在这里静静地坐到夜晚，正好是一轮满月，不，将满的月亮更好，从窄窄的天空露出，一束银色的月光照耀下来，正好落在身上，那种奇妙的幸福绝对是唯一的。但这样的美好能留给我吗？把期待交给时间。即便时间只允许我有这样的想象，我也会因为给了我有如此真切的想象的机会而知足。

  科幻里时光机的诱人之处在于时空可以随之翻转追寻,亿万年造就的梭布垭石林有如时光机一般传递了赏心悦目的时光演变,还有让人在时光中尽情穿梭的心趣。

地心谷的旋律

自诩"地心回来不看谷"是有点儿过，但恩施地心谷的牵心萦魂和感官魅力是独具的。或许其他的峡谷给的是视觉的冲击，而在地心谷得到的却是一场视听交融的盛宴。

穿过玻璃吊桥，就觉得这景色富有乐感，沿绝壁栈道步入谷底，一种其他峡谷少有的感觉就扑面而来，这里不仅仅是画是诗，还是一首交响曲。走着走着，心中的旋律渐渐清晰，由弱变强，缭绕耳际。对了，是海顿的第九十四交响曲《惊愕》。

从峡谷入口的高高的吊桥上俯瞰谷底，两岸浓绿的山崖守护着曲曲弯弯间或翻些白花的青绿的河水汩汩地流淌，缓缓地，声音或强或弱，若远若近。往远处看，峡谷绵延给人的想象像旋律初起的强烈的张力，往下看，一种悬空揪心的感动又像旋律触发情感的瞬间，是带着些微惊恐的激动。这不就是第一章如歌的柔板，像渗透力极强的双簧管徐徐奏出，小提琴背景应答表现的略带神秘、轻快的旋律。随节奏层层递进逐级而下到谷底沿栈道前行，侧壁千韧，危崖高耸，阳光还未探入谷间，谷里的旷寂烘托出独特的乐感效果，在恢宏的峡谷场景中，感受到的已不仅是流水奏响的旋律，还有崖边银白的岩石粗犷洒脱的机理拨动的和弦。大概是天心谷的地质奇迹吧，亿万年山体的演化，层状的石灰岩被挤压扭曲成不同调性的曲线，在流水的冲刷下显出极强的韵律感，常年洗磨过的岩石银白发亮，像铜管乐器响起的高亢的金属质感。我突然想起音乐美学的一个专有名词"联觉效应"，意指在音乐欣赏过程由听觉感知的旋律，合因个人的情趣、经验和想象力形成不同的视觉画面，是音乐审美效果的体现。而在这里，便是一种逆向的联觉，似乎不需要有多少音乐的造诣，那线条、那质感就足以让人获得对旋律节奏的强烈感知。翠蓝的流水弹奏的旋律时而成为主调，时而让位给水岸的旋律，穿梭转调，强弱互衬，猛然间跌落深潭爆发出令人惊愕的音效，恰如这首交响乐中最经典的在平稳渐弱的旋律末尾突然发出炸响的齐奏。这不就是第二章的行板吗？水流越来越急，或遇河中砥柱，或在石窝徊流，淌入这峡谷因此得名的神奇的心状窝潭，像提琴和低音管奏出的杂技般的旋律，直透心灵。这该是第三乐章的快板。峡谷的末段流水渐缓，进入漂流区，经过峡谷的震撼与激动的情绪得到舒缓与释放，像活泼轻快的回旋奏鸣曲的终章，留住难以散去的快乐和美好。地心谷远没有恩施大峡谷的壮观，但它呈献的视听大美的夹击会让人因沉湎而流连。

峡谷景区的端头，横跨着一座有400多年历史的石门古桥，这是当年的巴盐古道和三峡入蜀故道，是否有过伯牙般的高人在这里动情于高山流水而拨弦鼓琴，或有辛弃疾般的才子在这里"高歌谁和余,空谷清音起"?相信会有。乾隆三十二年(1767)重修此桥时,在遥远的奥地利,40岁出头的海顿正进入了他的创作高峰,或许东方的天籁和西方的交响就已达成穿越时空的应答。

水润的埭美

有 500 多年历史的埭美因近 300 栋保持完整的古民居红砖建筑群而号称"闽南第一村"。

刚到埭美,眼见一排排外观平朴的古厝平铺直叙般的列阵于田畴水岸,实在与那些著名的闽南古村落拥有的大气华彩的民居家庙有蛮大落差,有些失望。进村后却让一片片由闽南红砖拼砌出的抢眼的色块给镇住,这应该是红砖在闽南建筑应用的极致了。天正下着小雨,红砖的埕、廊、路、瓦在雨水的浸泡下显得特别明丽、水灵和温润,在四周浓绿青翠的环绕中,冷暖大色块和谐相拥,明快中生机映然,整个村庄一下子变得可爱起来。

埭美本是水乡,位于九龙江南溪下游,四

/ 夏 /

周溪渠环绕,与水结了深缘。村子衔江接海,咸淡交集,曾经是明清江海码头依托的古镇,也使她既带着水乡的灵秀又带着些海的侠气。

村上的宗室规矩分明,传承有序,村落的规划在严谨中弥漫着浓郁的亲情。村里见不着有围墙圈地的豪华大宅,即便祖屋宗祠也只是居中而立,形式上略显尊仰气场,格局大小并不例外。屋厝均为两进四开间格局,内外一个模式,不因贫富而有豪气与寒陋之别。哪家宗亲需要建房又财力短缺时宗室乡亲会出手相助,直至能完成与众村宅一般的不失体面的家屋。村里的建筑格局为前埕后屋,排列平直有序,每户两侧隔着一条窄窄的巷道,侧门互对相通,白天开启,一排十几户宗亲人家,一望到底,像多落的超级大宅,连通着大家族的血脉,犹如在同一个屋檐下生活,又有各家的独立空间。屋前的大埕晾晒嬉戏户户共享,到了用餐时点哪家的小孩都可以端个饭碗从东头吃到西头,穿过十几户人家哪怕各吃一勺便也饱了。以宗规支撑和维系起来的亲情浓稠、平等共享的微小的社会生活制式，在众多的古村落中别具一格。

进村时我们先是自行闲逛，途中遇见一位带团解说的娟秀的女孩便请她帮找导游，很快来了位帅哥，游览间才知道他原在厦门谋职，也顺风顺水，为了帮助村里发展休闲度假旅游决意辞职回乡创业，以传承麻糍手艺为主，兼做些旅游商品买卖。游览结束时我们受邀到他家中品茶，刚才偶遇的那位素美的导游已在门口笑脸相迎，这才知道是他太太，两口子相持相助这份尚属初始的旅游事业，其乐融融。他们亲切招呼我们尝遍自家手作的各色麻糍，即便我们没买，只选购了几个竹编篓子，也还是饱含善意给了折扣，全无旅游点商铺惯有耍滑和贪婪。我问他麻糍为什么不包装得更时尚创意，他回答保持传统的纯朴更好，他希望他的产品能传承并延续古老而质朴的乡俗。对话中洋溢出对乡村的爱，对事业的爱和对客户的爱。

离开时雨还在下，四周弥漫出更加迷蒙的湿意，雨中的村落传递出的是在500年的时空中浸透了的乡土亲情，如雨中红砖般的温润，这样的色彩在聚合中变得耀眼。这让我想起曾经流行于企业界的"湿营销"理念,倡导企业以情感影响客群,创造客户依恋。而湿营销的前提是企业内部真实的情感含量,如果企业文化中没有足够的情感分量,湿营销便是徒劳。企业如此,一个社区乃至一个国家也是如此。想让社会回到充满亲融和信任的理想境界,似乎能从埭美得到些许感悟。

土楼行馆

与其说是行馆不如说是土坝村一脉水系的土楼群落。沿哗哗溪水边一条弯曲的小径,过一道矮矮的木栅门就进了行馆。步过几个跌水,可见山坳中错落的几栋土楼,四处草木藤萝,一派繁衍了多少世代的村落景象。要不是有人接应,真难分辨混迹于农家间的行馆。

土楼黄泥粗粝的墙面,黑灰带状的瓦盖,方圆错落的构型,与大山融合得特别妥帖,好像这里的山和水就为土楼的出现留下空间,而土楼就因这空间破土而出。山水并不秀丽,土楼不算经典,但一切都恰到好处。

行馆的土楼原本就是农家的宅屋,厚厚的泥夯土墙,高高地挂着厚实的灰白花岗岩边框的小窗，像坚固的土堡，斑驳中裸露些风雨洗刷出的混杂在墙里的石子，明白地告诉访客它已经在这里等了很久。长满青苔小草的地坪院落连接不同样子的土楼，有些就是客房，随处的老屋风韵与体贴的生活要件，自然而然的让人感觉这儿的不凡。

行馆，本意为旧时官员在外的居所。当下为时髦也为猎奇，一大把特色酒店也自定义为行馆，当然敢叫上行馆的总不好意思没彰显点文化，不刻意营造点古朴的氛围和修饰点禅意，却常常会因为浅新而缺韵味；因为过于精致而强化了客居感，好像身在行馆举动都需要优雅才行；因为周遭浓厚的烟火气让人摆脱不了世俗杂念，身心难于放下。而这里能让人认同是入道的行馆，入味的修行居所。

身居此地感受的修行入道，并非宗教概念而是身心的超然和养正。道法自然，"天之道，利而不害，人之道，为而不争。""清净为天下正。"这里的山水气韵，周遭氛围，出入有度，让人陶陶然融入静思和感悟的境界。

清寂的山水间有淡淡的人烟，古朴清雅的环境中有现代生活的态度，随意生长的草木和断墙残垣并不觉得遗弃与荒芜，到处是合适宣泄情感的角落却有让人不敢肆意和狂放的空间氛围。"利而不害""为而不争"似乎从行馆里恣意舒放的小草就可以感悟。

并不是院子里的那几片不大的生意映然的草坪，而是随处可见的野草。好像这行馆并不怎么维护，野草蓬生勃发，平素静气却百态千姿，开着并不艳丽却异彩纷呈的花朵。它们都生长得那么随性，那么欢快、融洽，在墙头屋角阶边石缝，在天井庭院路沿桥头，尽是亲切可人的模样。你看那墙头的两株星蕨碧玉般新叶，在阳光下折射出淡淡绿光，恰似内在生命运动散发出的高雅气质。满墙野草都在初夏耀眼的光芒中吸纳足够的精气，一副奕奕神采的样子。天井院落的杂草看上去有些恣肆，却不狂放，与院内的石凳、瓦缸、古井依偎，静寂而不荒凉。高台石缝里的一株小草，叶子绿得发亮，紫色碎花像微小的紫玉兰，在几乎看不到有水源养分的地方仍然那么孤傲的生长。透过这些草可以感受到一种静气,一种生命的自在与安详。自然,生命的本源,就如小草一般,遵从自然便是最朴素的态度。在自然的静修中抚平浮躁的心绪,放弃杂念才有空间装填生命的乐趣。

行馆里的野草,土楼里的行馆,村落里的土楼,大山里的村落,一切都那么随意却又妥帖。风在耳语。有一个合适的地方,肆意地汲取天光地气,放纵地与自然融合,成为彼此的部分,便是人生的福分。

我离开行馆的时候走到后山,捡拾了两块不知已重叠过几层、不知繁衍过多少年代的裹满厚厚一层地衣的卵石,像是带了些修行回来。

后记

永远的欢欣

　　写这本书缘起于网络小视频上的一首打油诗:"看那风景美如画,很想作诗传天下,无奈自己没文化,只能天呐浪好大。"作者的俏皮打趣不禁让大家看了一乐,其实单这首小诗就够显文化,它道出了国人当今的审美困惑。平日里身边总有许多人有这样的遗憾,面对能触动心弦的美好的对象,失之于理解、描述和表达,使美感止于浅层,使本应直抵心灵的感受失之于浮光掠影,这让我颇有同感。富裕了的国人对生活品质追求的着力点似乎该从物性走向心性,这便需要善于发现和欣赏。有条件云游四海，更要有资格收获四海之精华；既乐于在欢闹的交际应酬中获得情感的交流与释放，也能沉湎于静寂，与自然对话获得心灵的充盈。由此我尝试着悉心描述生活中感受到的美，试图在不断地回味中实现愉悦感的升华。

世间有大美。浩瀚的夜空和无垠的海天、醉人的景区和耀眼的城郭，所到之处都有心潮逐浪的震撼和魂牵神萦的惊喜，但这样的美已有累累名篇反复地歌颂，我这粗陋的文笔再描述也必成累赘。能让我有些自信下笔的就只有凡庸生活中的所感所得和旅途中小视点的体察。所幸我始终怀着感恩的心过日子，琐碎的生活中俯拾皆是的美，常触动我随手记录下即时的感受，聚而成书。其中有几篇的题目与大师的随笔相同，如梁实秋的《喝茶》《饮酒》，周作人的《乌篷船》等，未敢有攀附之意，实属小我的有感而发。写这些短文本不期待赞赏，只图给生活平添了一份乐趣，这也符合自定义的"小美哲学"。

因为记下的是"闲趣"，自己不累，也不得

| 后记 |

累人，便设定了每文1200字左右的篇幅，想让有耐心阅读的朋友在闲暇时轻松快速地读过，像下酒的一粒花生米，觉得有些味道就好，哪怕无味也便于一带而过。也因此文字只在乎浅显地表达即时的美感体验，许多描述缺乏应有的深度，更言不及传神，提炼不出"思想鸡汤"，深知本书有明显的短板，留待朋友们指教。

完成此书后我最想跟朋友交流的是所谓的"生活美学"。站在生活的角度，大可不必把它理解为是一个理论体系，而只是对生活怀有的积极的情感。现实生活难免刻板、物欲和功利，缺少了品味、趣韵和淡泊。让阳光照进内心，世界自然变得更加美好，反过来说，当我们不断地去发现生活中的美好，心里也就会充满阳光。发现美好强调的是追求生活的意趣，与需要依靠更多的物质手段去构建的美好不同，是追求在同样的境遇下，从同样的物质和行为对象中获得更丰富更强烈的愉悦感和幸福感。对生活美的追求会激发好奇心的不断提升，驱使我们敞开心扉打开视野。面对这世界像面对一群群陌生的朋友，与他们投缘就得找到共同话题，于是会促使自己涉猎更广泛的知识，会为每一次旅行多做一点功课，会刨根究底地关注一些细节，生活便也更充实起来。这也是我尝试写这本书后的感受，每写得一篇出来都会有阳光特别灿烂的感觉。

作为一个退休五年的追求童心的老者，写这些短文悦人不如悦己。但我仍然希望能将自己的愉悦传递出来，更希望看到同龄人都有一颗不老的心，心里装满了喜悦，面对琐碎如斯的生活有永远的欢颜。

谨以此书感谢爱我的和让我所爱的一切。